U0112564

# 伪装

韩东 著

江苏凤凰文艺出版社
JIANGSU PHOENIX LITERATURE AND
ART PUBLISHING

图书在版编目（CIP）数据

伪装 / 韩东著 . — 南京：江苏凤凰文艺出版社，
2024.5

ISBN 978-7-5594-8255-6

Ⅰ . ①伪… Ⅱ . ①韩… Ⅲ . ①中篇小说 – 小说集 – 中
国 – 当代②短篇小说 – 小说集 – 中国 – 当代 Ⅳ .
① I247.7

中国国家版本馆 CIP 数据核字（2024）第 008524 号

# 伪装

韩东　著

出 版 人　张在健
统　　筹　于奎潮
策　　划　李　黎
责任编辑　孙楚楚
封面摄影　毛　焰
装帧设计　周伟伟
责任印制　杨　丹
出版发行　江苏凤凰文艺出版社
　　　　　南京市中央路 165 号，邮编：210009
网　　址　http://www.jswenyi.com
印　　刷　苏州市越洋印刷有限公司
开　　本　889 毫米 ×1194 毫米 1/32
印　　张　9.5
字　　数　150 千字
版　　次　2024 年 5 月第 1 版
印　　次　2024 年 5 月第 1 次印刷
书　　号　ISBN 978-7-5594-8255-6
定　　价　68.00 元

# 目录

同
情

庆总是我的大学同学，毕业快三十年我们素九联系。突然他要求加我微信，告诉我他来南京出差，我们"必须"见一面。我问："您有事找我？"庆总回复："想你了不行吗？"我不禁起了一身鸡皮疙瘩。不不，不是反感，而是想不到，我想不到庆总会这么说。我是一个一事无成的人，我们的关系也没到这份儿上啊。

如约前往某五星级酒店，某座某层某某餐厅，某个包房。我本以为是庆总单约我，走进去才发现一桌的贵宾，董事长、公司经理、书法家，当然还有官员；分管我们系统的市领导也在座。宴会气氛就不说了，我傻拉几地赔笑了一晚，终于坚持到最后。

下面仍有安排，但庆总说他刚从欧洲回国，时差没有倒过来。大家表示理解，于是开始道别。我坐的地方靠门，趁乱想溜，被庆总一把捉住。这时他才说："这是我大学同学。"算是一个迟到的介绍吧。庆总对我说："你留一下……"转身又去与众人话别了。

庆总将我领往他的房间。电梯上行的时候他说："傻×，这帮傻×！"我没想到庆总会爆粗口，但随即就明白了他的用心，这是在和我套近乎，"傻×"之类的评论不正是我此刻的心里话吗？仿佛我们又回到了学生时代，对一切都横竖看不顺眼。

在客房外间的沙发上坐下，庆总忙着煮水泡功夫茶（他让助理回房间睡觉了）。我说："老朱，你到底有啥事儿啊？"庆总姓朱，大名叫朱庆和；我掂量半天，此时此地叫他"庆总"有点不太合适，叫"庆和"又显得轻浮。于是"老朱"便脱口而出。

老朱顽皮起来，说："老韩，你猜。"

这我哪能猜到啊。是目前的经济形势不好，老朱公司的生意堪忧？就算如此，他也不至于找我聊呀。是老朱老房子着火，喜欢上了其他女人，比如一个比自己女儿还小的妖精，要抛弃原配分家产？那也没有必要找我。也许是他女儿到了叛逆期，上房揭瓦……不对不对，刚才在酒桌上老朱已经说了，这次去英国他就是去看女儿女婿的，和公务无关；而且他还说，他女婿是个老外，英伦某著名乐团的演奏艺术家，颇有几分为女儿骄傲的意思。那肯定是身体，老朱的身体出了问题。我们这个年龄也算正常，没准老朱得了绝症。

"猜不出来。"我说，"当然了，我们这个年龄段碰上啥事儿都不奇怪……但有什么事，你非得找我聊不可呢？一件发生在你身上但非得找我聊的事……"

"难以启齿啊……"

"等等，你先别说，我知道了。"我打断老朱，"是不是你ED了？"

"ED？"老朱随即反应过来，"就算我ED了，为什么要找你聊呢？"

是啊，这正好是我的问题，就算老朱ED了，也不需要找我聊。他这么一个人（在各方面都是楷模，所有的同学无不羡慕，且能量无限），无论出了什么事都没有必要找我（一事无成，人微言轻之辈）聊。

"难以启齿啊。"老朱又说。


他还是说了，而且说了很多。什么"家父""老妈""丈母娘""岳母""亲家"，绕得我头晕。老朱一向能说会道，看来他真的很激动，情绪波动下词不达意也是可以理解的。其实事情特简单，也就是老朱父亲和老朱岳母可能有染。我正要问，到底是可能还是已经坐实了，老朱按下不表，说起他夫人的家庭情况。

老朱夫人是单亲家庭，从小父母离异，夫人是岳母一手带大的。和老朱谈恋爱以前，夫人没有谈过任何恋爱，并且岳母一再向她灌输，男人没一个好东西。如果夫人不是这样的情况，老朱可能也不会和她结婚，可一旦结了，这才明白了夫人的好处。"倒也不是我有处女情结，"老朱对我说，"而是，这样的女孩是绝对不会背叛你的。热恋期一过，我们这种搞事业的人不就是图个婚姻稳定吗？"老朱告诉我，他之所以小有所成，夫人是要记头功的。

但今天的话题不是说他夫人，是说岳母。因为感戴岳母培养出这么一个好女儿，老朱对丈母娘非常孝敬。不仅他孝敬，老朱的父母对亲家也另眼相看，两家人走动十分频繁，就像一家人一样。不是像，后来岳母干脆从上海搬来了深圳，和他们住在一起。老朱在深圳最贵的地段购置了一幢独栋别墅，加上女儿出生，家里有四个保姆两条狗，一大家子当真是过得滋润无比，其乐融融。由于没有了后顾之忧，老朱在生意场上更是放开了手脚。可后来……

"后来怎么样了，"我问，"坐实了吗？"

老朱的脸色转而变得非常阴沉。"我们不敢想，"他说，"可我妈一口咬定，闹得不可开交。岳母也不辩解，家父避之不及，她也不好和我夫人吵，那就只有冲我来了。摔桌子打板凳，寻死觅活。我说：'你不能凭空乱说，凡事都要有证据。'我妈说：'你以为我拿不出来？我是给你们朱家留张老脸，不要给脸不要脸，把老娘惹急了！'

"我断定我妈没有证据，但也难说。事已至此，有证据没证据也已经不重要了，岳母是没法再住下去。我和夫人只好把岳母送回上海，因为内疚，也是要补偿她受到的侮辱，在上海最贵的地段我买了一栋比我们的房子还要大的房子，写的是夫人也就是她女儿的名字。夫人一年中有半年要飞过去陪她妈，我们原来的家算是名存实亡了。

"这头，我妈还不安生，把家父盯死了。不允许他用手机，说家里有电话，可她把座机的电话线通通剪断。家父的身份证也被我妈没收了，说瞅着个机会老不正经的就要私奔。任何人在家都不准提我岳母的名字陈蓉。夫人可以说'我妈'，我可以说'她妈'，我女儿可以说'外婆'，而她只说'她'，家父连'她'都不可以提。唉，可怜啊，老人家一定郁闷坏了。正当我们为家父的身心状况担忧时，我妈却病倒了。并且一病不起，竟然不治去世了。家里所有的人都认为我妈是给她自己气死的，意思是她放着好日子不过，没事找事，除了癌症还得了老年性痴呆症，是由老年性痴呆症引起的癌症。只有我知道是怎么回事。一直到死我妈都绝对清醒，比任何人都要清醒、明白。"

"喝口茶。"我说。现在已经换了我在泡茶了。

"不用。"老朱说，"我们应该来点酒。"他跑过去打开电冰箱，一通搜罗，抱了一堆小瓶装的也不知道是什么牌子的酒过来，旋开瓶盖仰头就灌下去一瓶。也不劝我。

"说我妈清醒我不是乱说的。"他说，"临终那天正好轮到我陪床，我妈突然从被子下面伸出一只手，我以为我妈让我握着她的手，可她伸出来的是一个拳头，攥得紧紧的。我试图打开那拳头，没承想一个垂亡的人有那么大的劲儿。好不容易掰开了，我妈手里攥着一团纸；我拿起来展平了一看，上面写着一行字，

'蓉，我跟她实在过不下去了！'分明是家父的笔迹无疑，我再熟悉不过。啊，原来这就是证据，原来证据的

确是有的！当时我再看我妈，她似乎吐出了一口气，应该就是那一刻，把纸条交到我手上，她她她就撒手人寰了……"

说到此处，老朱不禁流了眼泪。我站起来走过去，伸出手臂给了对方一个拥抱。"节哀顺变。"我说。

老朱接受了我的致意，在我的手背上拍了拍。"没事，没事，"他说，"都已经过去了。最关键的部分我还没说呢，sir。"这样我就又坐了回去。

"我还没来得及伤心，听见医院走廊里脚步声响，有人过来了。当时我手上正捏着那张纸条，情急之下你猜怎么着，我窝巴窝巴就塞进了嘴里，咽下去了！和电影里的革命烈士一模一样。果然是夫人，她来换班了。在她踏进病房以前，那纸条就已经到了我的肚子里。真悬啊，就差一点。所以直到今天我夫人都不知道纸条的事，家父知不知道就不好说了。这事我只对你一个人说过。

"其实当时完全是下意识，我也可以不咽的，随手往垃圾桶里一扔也就完了。害得我虽然那纸条早就消化干净，变成了大便，可吞咽的感觉一直都在喉咙里，消失不掉。有一阵我甚至怀疑食道是否被割伤。

也是事情来得太急，我无暇多想；说句不中听的话，如果是为掩盖本人的奸情，我也不至于如此手忙脚乱。但那是家父啊，是我岳母！

"我妈过世以后，按说家父和岳母之间的障碍已经消除，可以把岳母接过来住了，或者家父以看望孙女儿的名义，前往上海幽会岳母——当时我女儿在上海读大学。但是没有。岳母没有要求来深圳，家父也没提去上海逛逛。他们不提，我们自然更不会提。我们不提这事有前因，而家父和岳母的无动于衷着实令人费解。有一天我突然就想明白了，他们不过是要证明我妈错了，他俩之间啥事没有，闹到这一步完全是我妈老年性痴呆症发作的自说自话。脸面啊，脸面，对他们来说太重要了。

"如果家父和岳母大大方方地吐露心声，我和夫人也不是那么保守的人，八成不会阻挡，甚至会帮忙成其好事——我是这么想的啊，当然事到临头也说不一定。可他们就是不说，也不行动，就这么硬挺着，力度之大时间之长当真令人匪夷所思；最后我甚至都开始怀疑自己，怀疑那张纸条是否真的存在过。当然了，纸条是肯定存在的，我喉咙里的感觉还在。但也有可能是我妈模仿家父的笔迹写的呢？就算是家父亲笔所书，那也只是他那一头坐实了，岳母很可能无辜。家父向岳母表白，可纸条根本没有到对方手上……如果不是发生了一件奇怪的事，我真的会顺着这个思路想下去，直到把二老洗白。"

"又发生了什么事？"我问。

"还能有什么事，这个年纪的人。"老朱说，"一年前家父突发脑溢血，弄到医院去抢救，人没有死，但成了植物人！这是后话。当时我和夫人正在忙家父，忽然接到上海保姆打来的电话，岳母也脑溢血了！你说，天下哪有这么凑巧的事。事后我仔细追究了一下他们分别发病的时间，两人竟然相差不到半小时，这不是心灵感应又是什么？不是相爱到一定地步，这样的心灵感应也不会发生啊。而且，我岳母也被抢救过来了，人没死，成了植物人！"

"是有点奇怪。"

"岂止是奇怪，这就是证据，比那张纸条还要说明问题的证据。"

这以后老朱陷入了短暂的沉默。他将那堆喝干的小酒瓶挨个拿起来，往一只玻璃杯里沥出残酒。捣鼓了半天，然后端起玻璃杯一口喝干了，这才又开始说话。

"现在，我们家里有俩植物人，一个在深圳，一个在上海；一个我守着，一个我夫人守着。虽说有保姆、护工，但这他妈的还是人过的日子吗？我女儿也去了英国，嫁了英国佬，这辈子恐怕是不会回来了。这个家算是彻底散了。我他妈的成天在天上飞来飞去，去年一年乘了两百多个航班，去英国看我女儿，去上海看我老婆，来南京谈他妈的项目。我老婆也到处乱飞，英国、深圳、上海，上海、深圳、英国，一年到头我都不记得在哪儿见过她，也许是在天上吧，隔着飞机舷窗打了个招呼……"

"真不容易，老朱你辛苦了。"

"是他妈的不容易，真他妈的太辛苦太累了。"老朱说，然后话锋一转，"所以说这就是成功所要付出的代价，这帮人只看见我风光、体面、有钱，要知道我的努力是他们的一百倍，一千倍，一万倍，还不止！真他妈的站着说话不腰疼！"

"是是。"我一面答应着，一面在想：他说的"他们"是指我们这帮老同学吧，其中也包括我。

这以后老朱顺口说了一些他生意上的事，也知道我不懂。半小时后他站起身，明显是要送客，"这酒也没了，时间也不早了……"虽说身体打晃，但仍不失一个企业家应有的风度，我怎么觉得他又变回庆总了呢？

庆总大臂不动，向我伸过小臂，一只软绵绵的温暖的大手握住我的手，另一只手则拍着我们相握在一起的手。"感谢，感谢，今晚我过得非常愉快！"

我在想，这事儿就这么完了？他找我来就是为说个故事？庆总还没有说，接下来他打算怎么办；我们还没有好好商量合计一番呢。我不无抱怨地问对方（也是借着酒劲）："你找我来就是说这些？"

"是啊，否则我干吗找你？"

"干吗非得找我说呢？"

"不找你，我找哪个？"

"找谁都可以，您干吗非得找我？"

"我总不能去找夫人说吧，她不知道纸条的事。也不可能找我女儿……"

"你就没有一两个朋友？"

"嗨，生意场上，不兴说这些的。"

庆总见我较劲，索性又坐下了。见他坐下，我在原先坐的沙发上也坐下了。拉在一起的手分开了。

"我真怀念咱们年轻的时候。"庆总说，"那年头，坐个火车住个旅店，能认识一堆人，萍水相逢啥事儿都可以说。你不认识我，我也不认识你，说完拉倒，这辈子都不会再见了。你说那时候的人怎么就这么单纯呢？人与人之间从不设防，陌生人之间比亲兄弟还亲，越是陌生就越亲近。艳遇就不说了，我喜欢旅行主要是喜欢找人说话。其实那会儿我也没什么可说的，吹吹牛逼又不交税。痛快，真痛快！"

原来如此。我说："那你可以上网，找网友聊啊。"

"不行不行。一来现在的年轻人不会理解这种事；二来，我们这种人，一百度马上就知道你是谁了，就是化名也能把你人肉出来，只要有一点蛛丝马迹。得不偿失，绝对得不偿失。"

"你把我当成陌生人了？"

"不不不，不是这么个意思，我们毕竟是老同学……"

从酒店出来，已经是凌晨快三点。这一片虽然是市中心，此刻大街上几乎不见行人。一溜出租停在酒店外的马路边；我决定还是先走一段再说。

街道空旷，我的思路深远，不知怎么的，那两栋我从未见过的别墅出现在眼前，也是空荡荡的，甚至孤零零的。我一直看到了别墅里面。分别有两个植物人躺在幽暗的空间里，病床前守着两个人，是庆总和他夫人。这是两栋房子，两幅画面，却奇怪地重叠在一个幻象中。由此灵光一现，我想到，为何不把两个植物人搬到一起呢？两张病床并列，中间放一个床头柜，就像那些睡不好觉的夫妻，躺在他们各自的小床上。既在一个房间里又避免了互相打扰。

如果庆总父亲和他岳母的确是同时中风的，也如庆总认为的是由于心灵感应，搬到一起也是如其所愿吧，也顺理成章吧。也许他们正是因为要在一起才同时倒下的。不是同时死去，而是"冬眠"，采取了某种蛰伏状态。在近距离的感应或刺激下，他们两个或者其中的一个没准会苏醒过来呢。这真是一个好主意……至少庆总的两个家又变成了一个家，他和夫人也不必分居两地满天飞了。照应病人会方便许多……

思虑至此，我想立刻返回酒店，把这个绝妙的解决方案告知庆总。实际上我也已经转身了，向酒店方向走了有一百米，但还是站住了。我在想，庆总是一个多么聪明的人，智商和情商都远远高于我，我能想到的事他想不到吗？而且，这事儿是明摆着的，两栋别墅，两个植物人，两组资源配置……庆总肯定有他自己的想法。再说了，今天他找我去是当垃圾桶的，并非是和我商量怎么办……

我用手机叫了一辆车，立马有应答。那辆车就在我眼前，其实我在人行道上徘徊时它就一直跟着我。上车后，半小时不到我就到家了。上床睡觉，在被子里挣扎半天，最后还是在黑暗中给庆总发了一条微信，告知对方我想到的办法。详详细细毫无保留地写了一大篇，无论对庆总是否有帮助，也算是尽到了责任。我们毕竟是老同学。

至今庆总也没有回复我的微信。

见过鲁迅的人

顾旦子见过鲁迅。他是一个见过鲁迅的人。每次说起来，大家首先提到的就是这件事，似乎顾老这一辈子只有这件事值得一说。他本人自然是引以为傲，逢人便讲。如果不是他说见过鲁迅，别人又怎么可能知道呢？

他的专业是美术史论，这方面顾旦子倒不以为然。还有一件奇怪的事，顾旦子的粉画是一绝，即使是在民国那一拨人里也画得相当不错。可后来他竟然不画画了，搞起了美术史。你大概也看出这人的轴来了吧：明明是美术史权威，却只提见过鲁迅，明明是绘画天才，却要搞什么美术史。

他的另一件超尘脱俗的事只有我们这些圈内人知道，属于隐私级别。我们这些圈内人又是谁？他的学生，或者曾经听过他的课，那也是他的学生或者学生辈吧。

我要说的是他迎娶新师母的事。

顾旦子这辈子只有一个老师母。新师母其实也是一个旧人，只不过被顾旦子保护得很好，连我们这些学生辈也没听到过任何风声。更可能的情况是，年轻时顾旦子和新师母有一小腿，后来就隔绝了。在新师母和老师母之间，他选择了老师母，就这么过了一辈子。

但当年，顾旦子想必是有一个誓言的，对新师母发过誓：这辈子我一定要把你娶进门。情到深处大家都会这么说，情淡或者离别后，谁也不会当真的。可顾旦子的确不是一般人，几十年下来不忘初心，老了居然要兑现这不靠谱的誓言。

总之退休以后他就开始安排——也许是偶然和新师母再相逢了，想起了这件事，谁知道呢。反正，新师母没有嫁人，或者嫁过人又落单了，并且无子女。顾旦子这头紧锣密鼓地筹措，我们见到他时他都不怎么提鲁迅了。终于一切安排妥当，和老师母办了离婚、抗住了子女们的轮番叫骂，就在那栋他住了几十年的老房子里迎娶了新师母。

什么，他应该净身出户，把老太太赶出家门太不人道？我还没有说完呢。顾旦子把单位分的一大套房子给了老师母，给自己和新师母留的那处房子又小又破，不安排好老师母他也不会走出这一步啊。顾老可不是现在那些渣男，人讲究着呢！

迎娶新师母那天我们都去了，终于看见了顾老心心念念的新师母。穿一袭白裙，从老房子里不无阴暗的深处走过来，我的天哪，就像是一道光，把我们晃得不行。当然不年轻了，头发也花白了，但那气质，难怪顾老会在所不惜。大家高兴啊，开心啊，顾老的嘴巴都笑歪了。顾老的歪嘴上叼了一支香烟，这没有什么奇怪的，他已经抽了五十年了。让人不解的是，那支烟没有点上！

我们慌忙掏出打火机，要给顾老点烟。所有的人都掏出了打火机，要帮他点上。打火机都已经打着了，举在顾老周围，就像每个人都举着一根蜡烛。火光映红了顾老皱巴巴的老脸，他这么一转头，看了新师母一眼。只见新师母微微摇头，说了句，"吸烟对身体不好。"顾老闻言，把手一扇，所有的打火机都熄灭了。

"吸烟对身体不好。"新师母的声音不要太好听，放了任何人都会遵命的。那声音具有灭火之功效，轻轻的、脆脆的、柔柔的、坚定的，说不怒自威有点过了，但说让人骨酥肉麻也不对，也太极端。总之那声音难以言喻，我学不好。为了能再次听见新师母的声音，我们又打着了一轮打火机，新师母又淡淡地灭火。最终顾老也没有抽那支烟，但烟也没有从他的嘴上拿下来。

顾老和新师母婚后的日子没得说，幸福二字而已。可好景不长，大概两年不到吧，顾老就生病住进了医院。所以说，这烟轻易不能戒，尤其是抽了很多年的人，生理上已经适应，每个细胞的运转都需要尼古丁，猛然戒掉不崩盘才怪！顾老抽了五十年，有五十年的烟龄，为了这份迟到的爱真是不计后果啊。

即使在病床上，顾老仍然叼着一支没有点着的烟，歪嘴仍然在笑。以前，他的嘴是不歪的，就因为嘴角总是叼着一支烟，娶了新师母心里总是乐开了花，无时无刻不在笑，嘴巴上两块肌肉向不同的方向牵动，久而久之嘴歪就固定了，成了永久性的了。直到这时也没人敢去点那支烟，还是新师母在一边抹着眼泪说："点上吧。"

前往探视的我们立刻会意，甚至也没问要点什么——不用问就立刻明白了，早就在那儿等着了。六七只打火机同时打着，火光映红了顾老骷髅似的脸。

他一阵颤抖，不是因为激动，而是不知道该去就谁的火。

顾老抽完了他一生中最后的那支烟，完了说："我吃烟了。"吃这个字太传神，顾老根本不是抽烟，而是把那烟吃进了肚子里。吃完之后病房里烟气全无，我们举着的打火机这才熄灭。

这像什么？就像顾老迎娶新师母，相隔几十年，一直挂在心上，这烟两年没抽了，一直叼在嘴巴边。终于抽上了，就安心了，陶醉了，可以去死了。顾老对新师母的爱就像他对香烟的瘾，终于满足了，值得了。

所以才会有另一种说法，顾老走得太快不是因为戒烟，而是破戒。那件事想必戒了几十年，一旦再婚那还不得找补回来？我部分赞同，但也不完全如此。破戒有害健康，突然戒烟同样也对健康不利，两种有害和不利加在一起，夹击之下顾老这才扛不住的。如果说顾老之死仅仅是因为破戒或者开戒，因情纵欲，我觉得就有点太那个了。咱们可不能以小人之心度君子之腹呀。

这倒让我想起一件事，鲁迅也是一个烟鬼。既然顾老见过鲁迅，那就肯定和鲁迅一起抽过烟！一想到他俩在一块儿抽烟，我就非常激动，画面立刻就出现了。

顾老见先生的时候应该还年轻，八成还不会抽烟。先生从听子里取出一支香烟自己点上，然后将装烟的听子递给顾老（那会儿应该叫小顾）。先生并没有让小顾非抽不可，这只不过是他待客的一个习惯动作，可小顾面对偶像，崇敬之情爆棚，又怎么可能拒绝呢？怎么可能说我不抽烟？于是也从听子里抖抖呵呵地取了一支烟点上了。顾老抽烟因鲁迅而起，这真是太有意思了，太不可思议了。一支烟的传递，犹如薪火相传……

唉，不说了，这样的人现在已经没有了。我们的时代里没有鲁迅，连和鲁迅一起抽过烟的人也都死光了。顾旦子三十几年前就已经去世，遗孀也就是新师母，如果活着也快一百岁了吧。我得打听打听，找个机会去探望一把。

猫
王

我是猫王。不是唱歌的那位，是真正的猫王，猫中之王。我是一只猫咪——这么说似乎有点不对，猫咪是人类对家猫的昵称，而我是一只野猫。除了是野猫这点外，我好像就没什么特别之处了；作为野猫我再普通不过，灰黑色狸花，既不苗条婀娜多姿，也不富态。什么，我太看重身材？能不看重吗，好歹我也是一只母猫，一只年轻的野生的不那么起眼的母猫而已。

胜出的关键有两点。一是我特别能生。别的母猫一胎生两到三只小猫，我能生三到五只，如果她们生三到五只，我就生五到七只。她们怀胎两个多月，我可以两个月不到。第二点，我特别勇敢。为保护我那些小猫我不惜和任何母猫或者公猫拼命，就算是人，如果对我们图谋不轨我也会迎头而上，狭路相逢决不回避。

动静闹得的确有点大，我总是身上带伤。有一次腮帮子被一只公猫抓掉了一块肉，我牙龈暴露在外有一个月。所有这些伤痕累累后来都成了我的勋章或铠甲，再没人或者猫敢靠近我，除了我那些日益增多的可爱的孩子们。

这院里本来很多元，各色猫儿并存。白猫、黑猫、黄猫，以及黑白花的猫和黑白花为主夹杂黄毛的猫，后来就只剩下清一色的灰不拉几的狸花猫了。我的孩子又有了孩子，而他们通通是我的孩子，血统传了至少有四代，我俨然是所有野猫的老祖母了。可我依然年轻，还可以生，可以战斗……

院子里住的都是艺术家。其实他们也不住在这儿，只是画室或者工作室在这院里。其中的一个画家和一个诗人是好朋友，两人经常来我的地盘晒太阳。一次画家对诗人说："那只猫太厉害了，把其他猫都赶走了。"我正四处巡视，这不是在说我吗？

只听诗人回答："是啊是啊，现在这院儿里的猫都是她的后代。"

"我一直在琢磨给她起个名字，但这猫太普通了，毫无特征……"

我不服气地嘶吼一声。

"你叫也没有用,还是无名之辈。"画家说,"你是诗人,语言大师……"

"这还不好起?就叫大地吧。"

"大地?"

"是啊,大地是伟大的母亲。"

"对对对,大地是伟大的母亲,伟大的母亲是大地,这个名字起得好!"

于是我便有了一个名字"大地"。我的孩子们从此就随我姓大了。

比较而言,我更喜欢那个画家,不像诗人只会玩弄辞藻。他把全院的艺术家都发动起来,定时定点地投放猫粮。还在楼梯下面用硬纸箱、废画布什么的为我们搭建了猫窝,我的好几代孩子都是在那出生的;相当于产房,也相当于我的王宫。

画家本人还收养了一只野猫,就养在他的画室里。当然,他收养的并不是我的孩子,年纪甚至比我还老,那还是这院儿里多元时代里的事情了。我孤身一猫来到这地方,逼退了五颜六色的野猫,也把素描(那猫的名字,画家给起的,昵称"喵喵")给逼进了画家的画室,再也不敢出来在院儿里乱晃了。素描不是狸花猫,黑白两色,身躯有我三到四个那么大,毛色油光发亮,也不见老。但这又有什么用呢?只要我一声嘶吼,素描立马浑身颤抖,从画室门缝里探出的肥脑袋嗖溜一下就不见了。

听说画家带素描去宠物医院里做了阉割手术,从此他就是一个太监了。其他的野猫?只要不姓大,碰见我就像跳蚤碰见跳蚤药一样,立刻四散跳开,跳出院子,跳出了这儿的院墙。

两个好朋友又在院子里散步。

大概看见我的孩子们在草地上互相追逐、飞来飞去,画家对诗人说:"野猫太自由了,太快活了。"

诗人说:"但他们活不长,"——真是一个乌鸦嘴,"平均寿命也就两三年吧。"

"这就是自由付出的代价。"画家道,"我们家喵喵至少可以活十年,甚至二十年。"

谁他妈的稀罕啊!

这时他们看见了我的一个孩子,诗人来了情绪:"你看那猫的脸像不像一朵花?"

我这个孩子是有点特别,身上还残留着一点并非狸花猫的基因,脸上有一大块黑色。她蹲在花草丛中一动不动,乍一看那脸像极了一朵蝴蝶花。那天诗人得了一个佳句,"猫脸像花朵一样盛开",而我的孩子得到一个名字"阴阳脸"。"我想收养阴阳脸,"诗人说,"她太可爱了!"

我心里想,千万别,别,别!甚至也喊了出来:"喵儿!喵儿!喵!"

好在诗人只是说说而已。

诗人的乌鸦嘴一语成谶。不久后我去院子外面巡视(绕院墙一周),因误食耗子药去世了。去世以前,知道自己必死无疑,我回到院儿里最后看了一眼孩子们,然后一步三回头地出了院门。去世以后,我的魂魄立刻就飘回了院子。从此我平视的高度就不再是草丛或者楼梯台阶,上升到树梢和竹林顶部,从那俯瞰院内的一切。

画家和诗人又在议论。"很久没看见大地了。"画家说,"不过,这种事也许很正常,我们对野猫的世界并不了解。"

诗人说:"很可能大地去开辟新的疆土了。"

"但愿她野几天就会回来。"

还算有人情味儿,惦记着我。

一天画家说我回来过,又走了。诗人说他去隔壁的饭店吃饭,在垃圾箱后面见过我,至少说明我还活着。只有我知道,这些都是他们的幻觉或臆想,表达了人类的一种心理吧。

我的孩子们暂时还没有受到任何势力的侵犯，大概我的死讯在野猫的世界里还没有传开，或者没得到证实。我的威名还在，野猫其他的氏族、集团一时还不敢轻举妄动。只是素描似乎听到什么风声，竟然肆无忌惮地从画室里走了出来，像条狗似的跟在画家身后。虽说身躯庞大，毕竟他只有自己，加上被阉以后性情温顺，素描并没有对我的家族构成实质性的威胁。

问题出在内部。阴阳脸自众猫中脱颖而出，成了新一代的猫王。她是我第三代的孩子，比我还能生，还要勇敢，这两方面至少可以和我打个平手。关键是阴阳脸的情商比我高。比如和人类狭路相逢，我挡着道儿是怕他们伤害我的孩子；阴阳脸不然，即使她的孩子没有面临任何危险，也会冲上去，伸出利爪扒拉对方的裤腿。随即艺术家们明白了，阴阳脸这是在乞讨（要吃的），不是为了她自己是为刚刚出生的小猫。真是一个伟大的母亲啊，一个比我还伟大的母亲，这帮家伙感动坏了。画家的那条购自纽约犄角旮旯小店里的几乎是古董的牛仔裤被阴阳脸抓挠得不成样子，画家也不生气。

并且，哺乳期间阴阳脸几乎不吃东西，瘦得脱相，我认为这也是故意的,是她的一招。食物于是源源不断地出现在这院儿里的边边角角各个地点,有牛奶、鸡蛋羹,还有整条的鱼。

在阴阳脸的经营下,狸花猫家族空前壮大。但说是狸花猫家族却有点名不副实,阴阳脸的那一点黑毛基因渐渐扩散,现在这院儿里的猫大多已经是狸花带黑了。纯粹的狸花色受到排挤,纯种狸花猫遇见阴阳脸就像跳蚤遇见了跳蚤药。

看得我是又喜又悲。喜的是我后继有人,流淌着我血脉的种族在日益扩张。悲的是被驱逐者也是我的后代,我的孩子们。手心手背都是肉,我能不悲欣交集、感情能不复杂吗?与此同时我也预见了阴阳脸的未来。两三年吧,最多两三年,这个我引以为傲的孩子也会和我一样……

还没等我的预言成真,两个好朋友又开始散步。

这次他们的步伐有些凌乱,语调中似有忧虑,两人在议论隔壁饭店扩张的事。原来,这一片艺术区即将关停,饭店所在的公司准备接手这个院子。无论是画室还是工作室都要被推倒铲平,盖成饭馆、酒店或是娱乐中心。

诗人问:"这里还有多少时间?"

"最多半年吧。"画家答，"说是到今年年底合同就不再续签了。"

"那怎么办？我好说，也就几本书，你那么多东西怎么搬啊，就是搬家也得搬上三个月……"

"不搬也得搬。"画家说。

两人都没有提及野猫。但即使不提，我也预见到了阴阳脸的家族，也就是我的那些还活在世上的孩子们，离开了善良而无聊的艺术家，他们只能在饭店的垃圾箱后面讨生活。东躲西藏，就像我们的天敌耗子。我甚至看见了新开张的饭馆里的一道菜品：龙虎斗，蛇和猫烩在一起。金黄灿烂，异香扑鼻。

就吃死你吧，您呐！

救
母

晓华的朋友山差去S市，顺便去看望了晓华母亲。他给晓华打电话，说："伯母真的有点瘦，你去看看吧。"晓华说："没事，她是吃中药吃的。"但心里总归是牵挂了。

真见到母亲，他吓了一跳，从来没见妈妈这么瘦过，他也从来没见过这么瘦的人。到什么程度，就像是纪录片里奥斯威辛集中营的那些犹太人，就有那么瘦。这才半年呀，今年春节晓华是在S市过的，也许那时妈妈穿着棉衣，他没看出来；只是觉得从袖管里伸出的手腕特别细弱，身体在衣服里有些晃荡。

他的头脑里冒出两个字"救母"。晓华想：我一定要救我母亲。问起保姆小张，妈妈现在不吃汤药了。是医生放弃了，不开方子了，还是妈妈吃不进去，他没有多问。这又有什么区别？当务之急是维系妈妈的生命，增加一些能量或是体力。连身体都枯竭了，谈何治病或者不治呢？

晓华没有回去上班（原本只请了三天事假），就此在S市住下。他想的是，哪怕是丢掉目前的工作，我也得救回母亲。

他借住在朋友空置的一套房子里。每天上午起床后胡乱吃点东西，就去妈妈那里。也没有任何事干，就是陪妈妈坐着。此外是监督她吃两顿饭。晓华的午饭和晚饭也在那里吃。

开饭时从来都是一桌的菜，大碗小碟放满了小桌子，都是妈妈平时爱吃的。小张尽心尽力，不厌其烦，但妈妈完全吃不下去。她端着一只小碗，里面只盛了一小勺米饭，加上汤菜也不过一两吧，妈妈能吃上一个小时。最后还剩一半。看她吃饭无疑是一种折磨，晓华不忍直视，跑到阳台上去抽烟。听着妈妈在屋里喘息，他知道她正在努力，尽量多吃一点也是为了他。为让儿子高兴，她才拼尽全力的。风穿墙缝一般的尖啸声让晓华不寒而栗。

饭菜吃不进，那就吃流食吧。晓华跑了一趟S市最大的超市，在货架前斟酌半天，最后买了几大罐婴儿食用的进口奶粉，他亲自冲了端给妈妈。背对妈妈，他从奶粉罐里一挖就是几大勺，妈妈吃饭的小碗几乎堆满了，之后冲上开水调和。完全不是正常的比例。晓华知道不能这么干，但他又能怎么干呢？妈妈接过，开始喝，这一喝又是一小时。

即使晓华喂妈妈也一样，热牛奶直到变凉，也还会剩下大半碗。

他剥桂圆塞进妈妈嘴里。有时能吃一颗，有时吃两颗，不可能再多了。妈妈将残渣吐在晓华手上的餐巾纸上，能进去一点汁液也不错呀。

后来晓华想到，妈妈之所以吃不进东西，和她缺少活动有关吧。就扶妈妈从沙发上站起来，在客厅里走路。

这是一套单身小公寓，除了厨房厕所阳台，也就一室一厅，厅的面积大概十二三个平方。他扶着她，慢慢地来回走动，能走三五趟。晓华把妈妈送回沙发坐好，马上准备设备让她吸氧。吸完，晓华说："妈妈，我扶你再走一下。"

每一次妈妈都很配合。有一次他们竟然走出了套间门，到了走道里。晓华请妈妈从楼梯走下去，当然是他架着她下去的。到了下面一层楼梯，他丢开妈妈，一步三个台阶地蹿上去了。妈妈急了，喊他的名字他也不理。他知道妈妈钩子一样干瘦的手抓着楼梯扶手是不会放松的，即便有歪倒的迹象也来得及飞奔下去救援。

他在上一层探出脑袋喊："妈妈，你可以自己上来。"只见妈妈抓着扶手，另一只手撑着台阶向上爬。她终于自己爬上来了，晓华迎下去抱住妈妈。整个过程让晓华想起当年父亲教他学游泳，往水里一扔，之后就静观其变……

"不残忍一点不行啊。"他想。

走楼梯的事只发生过一次。事后妈妈虽然多吸了一次氧，但晓华还是看见了希望。


晚上回到朋友的房子里，晓华有大把的时间，但干不了正事。比如写点东西，读读书，或者看一部电影也行。他更没有心情看电视。唯有上网。晓华在网上转帖、跟帖，发表言论，变得非常亢奋。和网友打仗，言辞激烈，极尽讽刺挖苦之能事，甚至谩骂爆粗口。憋屈了一天的郁闷终于发泄出来。

有时晓华也找人聊天，也聊妈妈的病况。但他不会找认识的人聊，化名的陌生人是最佳的倾诉对象。如果对方是个女网友那就更好了，除了互诉衷肠还能来点暧昧。这样的聊天中晓华亦十分勇猛，言语放肆、露骨，经常吓跑对方。最后留下来的都是"有信仰的人"。

一个尼姑，对晓华的调戏置若罔闻，只是一个劲地劝他去念《地藏经》。

晓华说："我念那玩意儿干吗？"

尼姑说："念了你妈的病才能好！《地藏经》不要太灵！"——她喜欢用感叹号。尼姑举了一个·例子，一个小朋友顽皮，被502胶粘住了上下眼皮，送到医院医生束手无策，他妈妈念了两遍《地藏经》，孩子的眼睛就自动睁开了。

"胡说八道，这你也信？"

"怎么不信，实话告诉你，我就是那个孩子的母亲！"尼姑道，"所以说，你别跟我耍流氓，老娘是结过婚的！"

尼姑……结过婚？显然不便再往下聊了。

另一个是位女基督徒，网名玛莉雅。玛莉雅劝他去念《圣经》，说念了《圣经》他妈妈的病才能好。

玛莉雅的脾气比尼姑好太多，晓华让她发几张照片过来看看，她毫不犹豫地就发过来了。

晓华说："穿太多了。"

玛莉雅马上发过来几张露大腿的。

"还是多。"

玛莉雅发过来一张泳装照，碧海蓝天，金黄色的沙滩，一抹鲜红的抹胸。晓华不敢再往下说了，他觉得玛莉雅简直就是一位没长翅膀的天使。

他买了《地藏经》和《圣经》，置于床头，睡前会翻阅一番。"至少有助于睡眠吧。"他想。

有时半夜从噩梦中惊醒，也会拧亮台灯，翻开经书，念上一段再睡。如此这般，一夜要折腾好几次。

按照尼姑的建议，晓华购买了念佛机，带到妈妈那里，接上电源二十四小时循环播放。当然了，他把音量调到了最小，算是他和妈妈相待时的背景音乐吧。

玛莉雅建议晓华每天跟她一起祷告，晓华却没有采纳。他觉得这么做太过分了，或者说时候没到。晓华难以想象自己面对一片空无却当成有人，念念有词，最后还得说那句"阿门"，并手画十字结束。


两年前妈妈被诊断出肺癌，并且已是晚期。当时晓华和哥哥面临抉择（他们只有兄弟俩）。一是住院，化疗、放疗，该干什么干什么；想必最后是插管，开膛剖肚，走完一套程序，他们也算是尽力了。另一个方案就是吃中药。他们选择了后者。

这个决定颇为不易，是晓华和哥哥包括妈妈一致同意的。为此哥哥特地在家附近购置了一套单身公寓，雇用了小张，让妈妈住进去休养——哥哥家里因为有孩子，过于吵闹，不利于养病。

应该说，开始中药的效果还是很不错的，妈妈狂咳了一个多月后不咳了。她只是消瘦，并且无法遏止，到后来中药也吃不进去了。通过服汤药去进补、调养自然已没有可能。

晓华再见到妈妈时，医疗上就处在这样一种停滞状态。想要救母只能另想奇招。

他购买了一本《经络学与对症按摩》，和《地藏经》《圣经》并置在一起。现在，念诵《地藏经》和《圣经》的时间被他用来研读这本专著，有时一读就是一个通宵。第二天来到妈妈住处，现学现卖给妈妈按摩。

他把她抱到一张凳子上，站在她背后。妈妈的两片肩胛骨凸起，哦，真的就像小鸟骨头一样。晓华一面帮她按，一面心里流泪，担心太重了会把妈妈捏坏，太轻了又起不到作用。妈妈低垂着显得硕大而沉重的脑袋，是享受呢，还是在竭力承受，谁也不知道。

然后，晓华再用热水给妈妈泡脚。人虽瘦得像小鸟，妈妈的小腿包括脚却肿得像大象。他也不知道水到底是太热了还是太凉了，妈妈一声不吭，没有任何反应。晓华抬头看她，妈妈竟然在笑。但那是一个固定的笑容，并非愉快，也非不愉快，僵在那儿，似乎永远如此。这是一个病重的妈妈可怜她的孩子才有的永恒的微笑，其中有感激也有安慰他的意思。

尼姑介绍了一位名医，据说医术在国内能排进前五。晓华去百度搜索，果然如此，满屏都是五爷医治疑难杂症起死回生的报道。可五爷人在北方，妈妈目前的状况并无可能北上。晓华想请五爷飞来S市看诊，估计花费得十万元吧。哥哥情愿出资，但五爷就是请不动，这反倒证明了此人是一位良医，并非是贪财之辈。晓华越发信了五爷，死缠烂打，最后，对方答应隔空诊断，让晓华拍了妈妈双手和舌苔的照片发过去。

"晚矣，晚矣。"五爷说。但还是给了一个秘方，让晓华去买麦饭石，泡了水给病人服用。

晓华跑了好几家药店，都没有麦饭石卖。五爷提醒他去花鸟市场看看；果然发现了麦饭石，泡在几乎所有的金鱼缸里，正咕噜咕噜地往上冒着气泡。晓华马上悟出了其中的原理。妈妈的问题在肺，症状是喘气困难，这多孔结构的麦饭石可不就是作通气冒泡之用的吗？

他不知道该喜还是该忧。妈妈毕竟不是金鱼，即使病势深沉喘不上来气也不是一条金鱼啊。但他还是买了一堆麦饭石，暂且就把妈妈当金鱼吧。

窗外阴云密布，要下雨了。妈妈的脸也憋成了灰色。可她坚持不吸氧，因为刚刚吸过，下一次吸氧的时间还没有到。她憋呀憋呀，然后断断续续地说出一句话。

她说："我，我，我真想，拿一根棍子，把这些玻璃全砸，砸碎。"

她认为是封闭阳台上的窗玻璃妨碍了空气流通，因此有恨。晓华心里难过，因为自从他懂事，从没见过温柔的妈妈说过如此暴力的话。

大雨如注，雨点敲打世间万物。妈妈缓过气来，知道自己说了不该说的。她解嘲道："要是让人听见我这么说，他们会说，这个疯老太婆啊！"

晓华感到脸上有泪水，干脆把头从阳台的窗户里伸进了外面的瓢泼大雨。

晚饭以后，晓华准备回借住的朋友家以前，哥哥来换班。从妈妈房间里出来，他去了阳台上，背对客厅开始大哭，晓华被惊到了。哥哥的这通哭突如其来，声势惊人，晓华从厅里看见他的背影，肩膀一耸一耸的，声音如狼嚎。远处是S市夜晚的一片灿烂灯海，那个猛烈哭泣的身影镶嵌其中，抖动着。终于定格，灯火也不颤了。

他就不怕妈妈听见吗？晓华想。也许妈妈真的听不见这一墙之隔的哭声了。就算听见了，她也无力辨别到底是谁在哭，更别说确定是自己的儿子，是她的儿子在为她哭。如果没有这样的判断，哥哥是不可能哭得那么放肆的，不可能那么肆无忌惮。


回到住的地方，晓华无心上网，但他还是上了。在网上找玛莉雅，对方不在线上。他从冰箱里拿了两罐啤酒，去了阳台。阳台上有两把现成的铁椅子，晓华在一把椅子上坐下，将脚跷在另一把椅子上。朋友家的阳台没有封闭，亦远离街道，他就这样坐在黑暗中喝了一罐啤酒。

想想还是不行，晓华返回屋里找手机和记下的玛莉雅的电话。他一面拨打电话，一面走回阳台。

玛莉雅接起，竟像是一个老熟人（这是他们第一次通话），"咋啦，晓华？"她说。

晓华也没问她方不方便，劈头就说："你带着我祷告吧。"

"现在？"

"现在。"

然后他们就开始了。"天上的父啊，求您赦免我们一切的罪……求您怜悯我们这些世上的罪人……求您怜悯罪人晓华……我将生病的慈母仰望在您的手中，求主亲自医治……"

玛莉雅说一句，晓华跟着重复一句。一面祷告晓华一面想，这事儿太荒唐了，实在让人难为情，一面又觉得自己这么想是大大的不敬。忽然他发现，那只跷在椅子上的脚已经到了椅子背上，另一只脚则放在阳台的水泥护栏上，他的整个姿势此刻是脚高头低，半仰着，还折成两截，也确实太不虔诚了。于是他放下双脚，离开了椅子，不知怎么弄的，竟然跪下了。他想趴在地上磕头，身体也匍匐下去了，又一想好像基督教是不兴磕头的，马上又立起了上半身。可他们还是跪的，他似乎有这样的印象……晓华终于选定了一个自认为合适或者说得过去的姿势，跪在阳台的一团黑暗中，上半身挺直，一只手上举着手机……

这一番折腾伴随杂念纷飞，同时晓华也没忘记重复玛莉雅的祷告词。那句"阿门"终于来了。他问："完了？"

"完了。"玛莉雅说，"晚上吃什么好的了？"她想接下来聊点什么，晓华没有回答挂了电话。

挂完电话，并没有马上站起，傻不棱登地他又跪了好一会儿，就像是要弄清自己的处境。黑夜如水，耳畔响起一片沙啦沙啦声，晓华意识到是那棵木棉树，长得比五层楼还要高了，枝叶被风吹着扫到了阳台的护栏。木棉树把他带回到现实中，晓华站起身，走回房间里。

他并不想上网，但还是上了。果然，玛莉雅已经在线。她没有提刚才祷告的事，但对他的态度显然已不比往常，是以他们共同祷告过为前提的。

"你不是说我穿多了吗？今天发个全的。"她说。

"全的？"

"就是裸的，全裸。"

晓华突然就生气了，愤怒不已，简直是怒不可遏。"我们刚刚祷告过！"

"那又怎么样？"

"我是诚心诚意的，你不觉得不合适吗？"

"不懂。"

"斋戒沐浴你不懂吗？那样才有用！"

"异教徒的迷信，我们从来不这样。虚伪！你就装吧。"

"无知无识，没文化！"

最后晓华还是把玛莉雅拉黑了。不是为表达他的愤怒，也不是怕自己说出更难听的话，是担心对方真的发来裸体照片，今晚的祷告可不就真成儿戏了？哪怕有万分之一的希望呢……

这一夜他的手机在朋友空旷的房子里响了很多次，晓华虽然担心妈妈，但还是没有接，也没有看。这大概也是一种无稽的迷信吧？一周后妈妈因无药可医去世了。晓华有时会想到那个祷告之夜，不禁感到羞耻。他在黑暗中那么跪着，举着手机，言不由衷，就像演戏一样……

祷告词中有一句话算是说对了：我们都是罪人。

诗
会

《S市晚报》每年都会举办一次题为"诗年华"的活动，已经举办了十届，晓华参加了至少八届。之所以如此频繁，因为《S市晚报》的主编当年和他是一个诗社的，哥俩推崇的也是同一批诗人。老朋友们借机相聚，不免其乐融融，但这并非是晓华屡屡参加的唯一理由。

晓华母亲和哥哥一家就住在S市。每次参加诗年华晓华会顺便看望母亲，或者，看望母亲顺便参加一下诗年华。活动期间，晓华也曾把他的诗人朋友领到家里拜访母亲，老人家热情、健谈，给诗人们留下了难忘的印象。尤其是她特有的"气质"，按闻仁的话说，"一看就是大户人家出身，阿姨才是真正的美人！"闻仁说这话时母亲已经年近八十了。

今年，诗年华举办前一个月，晓华就开始四处联系，问老朋友们是否来S市参加活动。多年下来大家都有一点疲沓，积极性并不是很高。"我铁定参加。"晓华说，"实际上在S市我已经住了三个月了。"原来晓华的母亲生病，他请了长假待在S市陪伴尽孝。"一个月后，就算出现医疗奇迹，我妈也不可能完全康复。"

晓华还说："就算不是为了诗歌，你们也该再见我妈一次，见一面少一面。"

话说得唐突，而且，这完全是八竿子打不着的事，可见晓华心情之急切。考虑到他说话时的"语境"，大家也就不深究了。总之他七劝八劝，最后闻仁、李小松几位都答应一定来，不见不散。之后晓华又打着他们的旗号，给其他诗人打电话："闻仁、李小松肯定来，你就看着办吧。"

因此，这届诗年华应邀嘉宾是最整齐的一次。所谓整齐，是说老朋友们都会莅临。甚至尔夫（《S市晚报》主编）一直想请但没有请到的女诗人卢敏琼受到蛊惑，也将出席。真是嘉会空前，令人神往。当然了，最神往的人还是晓华，三个月的孝子经历已经让他压抑坏了。


大概两年多以前，晓华母亲被诊断出肺癌，并且已是晚期。晓华和哥哥经反复考虑，最后还是决定采用中医治疗，让母亲服汤药调养。为此哥哥特地购置了一套单身公寓，请了保姆小张，让母亲住进去养病（哥哥家里有小孩，不利于病人静养）。

开始时，应该说中药效果还是很不错的，母亲狂咳了一阵后就不再咳喘了。她只是消瘦，短短的一年内体重从一百二十斤迅速骤减到六七十斤，只剩一把骨头了。后来中药也不吃了。是开方的医生觉得已无药可医，还是母亲根本吃不进去？并没有人告诉晓华。三个月前他再次来到S市，母亲已经停药，甚至进食都成了问题。晓华每天的任务就是监督母亲吃饭，尽量多吃一口——看她吃饭简直是受罪，两人受罪，妈妈咽不进去，儿子不忍目睹。此外就是摆弄设备，伺候母亲吸氧。晚饭后晓华回到借住的朋友的房子里，第二天一大早再去她那里。

晓华不是没有想过救母，但回天无力。大概一周后他就想明白了，医治已经结束，剩下的只是陪伴。

诗年华活动开始前十天，母亲的状况急转直下。说是"直下"，其实并没有一个明确标志，只是人消耗到一定地步，周围的氛围起了某种变化。一些细枝末节吧。

比如母亲总是坐在客厅里的长沙发上，晓华来了以后就坐在她身边。他觉得自己坐下去的时候，母亲那边便升了起来，就像跷跷板一样，或者像天平，称出了母亲的分量。

以前他就有这样的感觉，但没有这么明显，显然母亲更瘦更轻了。她穿一条带松紧的睡裤，总是抱怨被松紧带勒得喘不上气来，实际上松紧带已经放到了极限，再要放松人站起来的时候裤子就会掉下去。母亲的感觉没有道理可言，晓华再一想马上就明白了，她的身上已没有脂肪，甚至没有肌肉，松紧带隔着一层皮直接勒在了母亲的内脏上。

这并不是想象。一次，晚饭后晓华把母亲抱回她的房间，放在床上，手伸进被子帮她整理了一下衣服，拉抻妥，不小心碰到了母亲的胸腹部。他觉得他的手抓到了母亲的肝脏，或者是一颗心，血管狂跳，就像隔着一层纸——母亲纸一样干脆的皮肤。同时晓华的脑袋里映出了器官的形象，拳头似的心，或者是肝脏的扇叶，谁知道呢? 就在他沉重的手掌下面。

晓华含泪又坚持了一会儿，这才把他的手拿开。

无论如何，他是不能参加诗年华了。十天以后母亲的情况只可能更糟。反倒是那些诗人朋友开始联系他，问他准备哪天报到，通报自己的航班，询问除了诗歌活动还有哪些节目安排。晓华一概敷衍过去，话也说得模棱两可。

"你怎么啦？不会不参加吧？"诗人朋友说，"把我们都忽悠过去了，你自己可别临阵退缩呵……"

"不会，不会。"晓华说，然后挂了电话。

由于他热情不高，后来诗人们也不再打电话了。晓华更是把活动的事搁置在一边，一心一意地陪伴母亲。

这天早上，晓华从借住的房子里来到母亲的公寓，一进门就看见母亲坐在客厅的沙发上，似乎睡着了。小张在厨房里忙着什么，晓华过去打了个招呼，再次转回客厅。当时上午八点刚过，长沙发是朝东靠墙摆放的，阳光从阳台方向照射进来，映得母亲身后的白墙上火红一片，真的就像失火一样。在这片吓人的朝霞映衬下，母亲的脸色越发灰暗，她张着嘴，全无动静。晓华走过去察看，母亲张开的口腔就像一个浅浅的凹槽，里面已经没有丝毫唾液了。再一摸鼻息，母亲已经去世了。

晓华急忙喊小张，她扎着围裙从厨房走出来，惊讶得说不出话来。这才几分钟呀，哥哥前脚下楼去上班，之后晓华进门，前后大概十分钟都不到。当晓华打电话给哥哥告诉他"妈妈走了"，他的车还在路上塞着呢，没有到单位。

事发突然，但也在兄弟俩的意料中。哥哥转回来后，晓华和哥哥开始有条不紊地处理"后事"，联系街道，开死亡证明，致电S市殡仪馆。其间他们把母亲抱回到卧室，放在她的床上，小张打水给母亲擦身子，换上已经准备好了的衣服和鞋袜。

大概中午时分，殡仪馆的人到了，由他们接手，熟练地将穿戴整齐的母亲装入一只专用的尼龙遗体袋中，刺啦一声拉上了拉链。母亲被拎了出去（一人拎着尼龙袋一端）。殡仪馆的人问有没有货梯？确认有货梯后，晓华和哥哥在前面探路，以免遇到邻居，引起大家的不适和嫌弃。好在这会儿正是上班时间，楼道里没有其他人。终于进到了货梯里，两个殡仪馆的人和晓华、哥哥站着，而母亲躺着，就在他们脚下的那只灰色的袋子里，靠着冰冷抛光的电梯厢的金属壁。他们带着那只装着母亲遗体的袋子向下降去，没有人说话。

忽然，电话铃响起，是晓华的手机。晓华拿出手机接电话，对方显得不无兴奋："我到酒店啦，你在哪儿? 哪个房间? "是李小松, 他的声音就像一连串迷你的小爆炸, 在电梯里炸开。

晓华这才想起来, 今天是诗年华活动报到。"我在电梯里。"他说。

出了电梯, 晓华走到一边打电话, 告诉李小松母亲刚刚去世, 他们正准备送她去殡仪馆。李小松有些发蒙, 不知道说什么才好。晓华说:"我们回头再说吧。"

"也好, 你先忙你的……节哀顺变……"

去殡仪馆的路上, 他又接到了闻仁的电话, 同样很兴奋, 告诉晓华他已经下飞机了。之后晓华又收到一个诗人的短信, 说他已经入住酒店, 问晓华人在哪里。再后来, 一直到天黑, 就再也没有电话或短信了。母亲去世的消息想必在诗人中间已经传开, 大家都知道了。

晓华看见小张坐在楼下小区的秋千架下的秋千上, 似乎在等他。那是去母亲公寓的必经之处。昏黑中她慢悠悠地荡着, 幅度不大, 只能称之为摇。晓华走到跟前, 小张止住秋千, 但脚并没有放下地。她说:"晚饭已经做好了, 凉了你就在微波炉上热一下。"今天以前, 晓华都是在母亲这儿吃晚饭的, 吃过晚饭哥哥来换班，他才会回到借住的朋友家。小张还记得他吃饭的事。

"你吃过了？"他问。

"我不想吃，今天就不吃了。"

不知道是哪里射来的光，也许是路灯亮了吧，照见了小张脸上的眼泪，亮晶晶的。说来也怪，这与母亲非亲非故的小保姆的悲伤，让他的心一下收紧了，收缩了一下。

"我也不吃了。"晓华说，"我就不上去了。"

说完，他转过身，离开了这个母亲公寓所在的绿树成荫的小区。


他去了酒店，为诗人们接风的晚宴刚开始不久，晓华走进包间时喧哗一片。谁都没想到他会来参加活动，分贝顿时就降了下去。尔夫让服务员赶紧加一把椅子，晓华坐下后他这才代表大家向晓华表示哀悼。

"老人家什么时候走的？"他问，仿佛这是活动主办方的一个问题。晓华照实回答，尽量做到简明扼要。

"上午八点，安然去世。下午已经火化了。"

然后他说："你们继续啊，别因为我妈妈……"但诗人们仍然免不了一轮致哀问候。

终于，尔夫端起了面前的酒杯，众人响应，临饮以前他转过头来问身边的晓华："多大年纪？"晓华明白他的意思，答："七十九。""虚龄八十，也算解脱了。喝，喝！"

尔夫领头，一帮人开始聊诗歌和文学。说话时所有的人都不由自主地看着晓华，似乎在察言观色，就像担心说得太兴奋了，是对晓华的不敬。

"也许我真的不应该来。"晓华想，"一个刚刚死了母亲的人，坐在这儿，真是太煞风景了……也许，我妈去世是一个绕不开的话题，他们真的想知道妈妈的事呢。"

当有人再一次向他表达哀悼之意，晓华索性说开了（说了很多）。

"就在她平时坐的那张长沙发上，霞光映红了整整一面墙，就在她身后，简直就像是着火了……我妈一直到死都很清醒，没在床上躺过一天，每天一大早起来就坐到沙发上，后来自己走不过去了，她就让小张抱她过去，就像那沙发是她的岗位一样。我每天看见她的时候，都坐在沙发上，人已经在那儿坐好了。每天晚上我把她抱回床上才离开，可早上一来她还是坐在老地方。我妈的一天是从沙发上开始的，极有规律，就像太阳东升西落。似乎只有这样生活才可能继续，或者表明生活正在继续，这绝对是一幅永恒的画面，妈妈坐在沙发上……"

鼓掌。大家都觉得晓华说得太棒了，简直就是一首诗，一首杰作。由此话题又转移到了诗歌和文学上（这次非常自然），晓华想乘兴再说点母亲的事，已经插不进去了。

当天晚上晓华就住在了酒店里。第二天参加了研讨会和诗歌朗诵。一切都和往年一样，没有任何不同，只是他记得母亲刚刚死了，脑袋里有一个声音在不断提醒他这一点。

和老朋友们在一起仍然倍感亲切，其乐融融。但时不时地也会觉得彼此是在演戏。没错，问题就出在"彼此"上，现在他是他，而他以外的其他人是他们，他和他们之间就像隔了点什么，有一个无形而透明的罩子把晓华罩住了。他就带着（戴着）这个量身定做的罩子，就像宇航员穿着太空服，在意识的深空里沉浮，不免觉得晕乎乎的。他和他们一起吃饭喝酒，一起开会、走路、说话、读诗，但是，他为什么会在这里呢？

宵夜的时候晓华向尔夫告假，说明天的活动他不参加了，因为要参加母亲的追悼会。尔夫不及反应，闻仁当即表示，他也不参加下面的活动，要去追悼会，"送阿姨一程"。之后，李小松几个也表示要去追悼会，所有的老朋友都表态了，都要去追悼会，不参加活动了。剩下的几位诗坛新人自然积极响应。这一结果晓华始料不及，觉得真的太不好意思了，打搅到了大家。

"不行，不行，"晓华说，"你们来S市是参加诗年华的……"

"明天不就是组织游览吗? S市的所有景点我们都去过了……"李小松说。

"没错，"另一个诗人接过话茬，"只有S市的殡仪馆我们没去过，听说是新建的，市政府花了大钱……"

如果放在别的事情上，晓华或许会说："那我就不去了，留下来参加诗年华。"可那是母亲的追悼会啊，因此非常为难。这时闻仁又将了他一军："你不是说，让我们再见阿姨一次吗，见一面少一面。"

"我是让你们见、见活人，但我妈已经去世了。"

"生死都一样，我们非得见老人家一面不可!"

晓华于是解释，母亲去世的当天，也就是昨天，遗体已经火化了。"我妈一向爱美，"他说，"去世的时候人已经瘦得不成样子了，她肯定不愿意让人看见她现在的模样……"

"那也无妨，生或者死，有形或者无形，对我们来说都是一样的。"

"对，我们是诗人，可以想象……"

"在我们的心目中，阿姨永远是最美的！"

半真半假，一帮人开始起哄，越说越高兴，总之是非去追悼会不可。也许他们是想让晓华高兴吧，想让他现在就高兴起来。也只有到了现在，晓华才发现，过去的一天其实大家都很压抑。

最后尔夫宣布，明天的游览改在S市殡仪馆，并强调这是活动主办方的决定，不想去或者去过的人可以自由活动。众人报以热烈的掌声，竟有人吹起了嗯哨。闻仁拍着尔夫的肩膀说："这是你为官二十载，做出的最英明的决定！"

"那是，那是。"尔夫说，举起手上的啤酒瓶。


母亲的追悼会于上午十点举行。一辆旅行大巴将全体诗人及会务人员拉到了殡仪馆。晓华、哥哥、嫂子以及从N市连夜赶来的晓华的女友都已经到了。嫂子怀里抱着晓华的小侄儿,正挣扎着想要下地。哥哥单位的领导和几个要好的同事也来了。总算组织起一支三四十人的队伍,向告别厅进发。

工作人员递过来一张表格,让家属填写。问了才知道,是追悼仪式的流程,需要提交给主持人小姐的。几大栏,分别为"单位领导发言""生前好友发言""家属代表发言"。哥哥说:"我们的情况比较特殊,死者单位不在S市……"晓华突然觉得灵感附身,打断哥哥道:"不不不,单位里也来人了。"

他拽过表格和圆珠笔,开始填写。在"单位领导发言"里填了"尔夫","职务"为"S市报业集团董事长兼《S市晚报》主编","生前好友发言"一栏晓华则填了"闻仁","职务"为"中国当代著名诗人、大师"。填表过程中,工作人员狐疑地看着晓华,但没有说话,之后他收走了表格。

晓华此举完全是即兴,没有和任何人商量,填完之后仍然发蒙。当然不免有一点兴奋,大概他还没有从昨晚宵夜时的氛围里出来吧,或者看见这帮诗人就有点不正常了。

于是,追悼仪式开始,尔夫便作为母亲单位的领导发言了。

尔夫身高体胖，大腹便便，一副领导的派头，的确也是领导，简单的致辞并难不倒他。加上现成的套话、官腔……晓华怀疑他以前就在追悼会上致过悼词，很可能就是在S市殡仪馆，也许就在这间告别厅里。这么大个集团几十年下来能不死几个人吗……

然后是闻仁，作为母亲生前好友发言，边听晓华边觉得太合适了，至少形象上令人信服。闻仁比晓华大了近十岁，加上皮肤黝黑、面部表情深奥，写诗写到他那份儿上已经看不出年纪。说闻仁七十岁了，或者七十多了，也不会有人怀疑。但他的确不了解母亲，因此不断地重复道："大户人家出身，是真正的美人……年轻的时候还要美，关键不是美，是气质……她的美属于一个已经逝去了的伟大灿烂的辉煌时代……"

闻仁总算想到了一点什么，开始赞美母亲培养出了两个如此优秀的儿子："优秀、卓越，有目共睹……"但他对哥哥也不了解，不免含糊带过。说到晓华时则大大地夸赞了一番，晓华的诗歌，晓华的文学成就……

哥哥作为家属代表发言，总算有所纠偏。深情回忆了母亲的生平，说到她的养育之恩。之后，哀乐声再次响起，大家列队向母亲告别，没有遗体，所有的人都对着骨灰盒和骨灰盒上方母亲的遗像鞠躬，献上白花。正要鱼贯走出告别厅，晓华（他正作为家属接受大家的致意）听见闻仁问主持小姐："还有多少时间？"

"嗯？"

"我们租用这里还剩多少时间？"

"没有多少时间……"

"没有多少时间是多少时间？"

"半小时吧。"

"够用了。"

说完闻仁拿过小姐手上的麦克风，音箱刺啦咚咚响了几声后，传出闻仁突兀而失真的声音："请大家留步，我们何不在这里举行一次诗歌朗诵，纪念晓华母亲！"

于是，就有了这次特别的朗诵，就在这高大宽敞、大理石铺地、阴气阵阵且四处透风的告别厅里。四周花圈环绕，母亲的大幅遗像自上方深情凝视，她的目光似乎看见了朗诵者的每一行诗稿……

闻仁显然有备而来，不仅亲自主持，也第一个朗诵了他的诗。那天诗人们朗诵的所有的诗，包括闻仁的这首都和"母亲"有关。《纯棉的母亲》——


**纯棉的母亲，100% 的棉**

这意思就是　俗不可耐

温暖　柔软　包裹着……

落后于时代的料子

总是儿子们　怕冷怕热

极易划破　在电话里

说到为她买毛衣的事情

我的声音稍微大了点

就感到她握着另一个听筒

在发愣　永远改造不过来的

小家碧玉　到了五十六岁

依然会脸红　在陌生人面前

在校长面前　总是被时代板着脸

呵斥　拦手绊脚的包袱

只知道过日子　只会缝缝补补

开会　斗争　她要喂奶

我母亲勇敢地抖开尿布

在铁和红旗之间　美丽地妊娠

她不得不把我的摇篮交给组织

炼钢铁　她用憋出来的普通话

催促我复习课文　盼望我

成为永远的100分

但她每天总要梳头　要把小圆镜

举到亮处　要搽雪花膏

"起来慵整纤纤手

露浓花瘦，薄汗轻衣透"

要流些眼泪　抱怨着

没有梳妆台和粉

妖精般的小动作　露出破绽

窈窕淑女　旧小说中常见的角色

这是她无法掩盖的出身

我终于看出　我母亲

比她的时代美丽得多

与我那铁板一样坚硬的胸部不同

她丰满地隆起　像大地上

破苞而出的棉花

那些正在看大字报的眼睛

会忽然醒过来　闪烁

我敢于在1954年

出生并开始说话

这要归功于我母亲

经过千百次的洗涤　熨烫

百孔千疮

她依然是 100% 的

纯棉

李小松的《母亲节》——

今天母亲节

给母亲洗了头

顺便给父亲

剪了指甲

听说女儿

也给她的母亲

发了

一个红包

卢敏琼的《妈妈》——

十三岁时我问

活着为什么你。看你上大学

我上了大学，妈妈

你活着为什么又。你的双眼还睁着

我们很久没说过话。一个女人

怎么会是另一个女人

的妈妈。带着相似的身体

我该做你没做的事么，妈妈

你曾那么的美丽，直到生下了我

自从我认识你，你不再水性杨花

为了另一个女人

你这么做值得么

你成了个空虚的老太太

一把废弃的扇。怎么能证明

是你生出了我，妈妈。

当我在回家的路上瞥见

一个老年妇女提着菜篮的背影

妈妈，还有谁比你更陌生


西塞的诗《星期四：墓园》——


我们在墓园的山顶

正要离开，隐约传来一些奇怪的声音

我们以为那是哭声

四处望下去，整座墓园

并没有一个人

尔后，或许是风向的转变

我们确定那是一种模糊的歌声

慢慢变得柔缓、深情

向逝去的亲人

献上一曲是常有的事

谁的生前

不曾有过一首喜爱的歌曲呢

但此刻，除了山下几个翻新墓碑的

见不到任何多余的人

一直到走出了墓园

我都在想

妈妈平时最爱哼唱的，究竟是哪一首歌


　　尔夫已经很多年不写诗了，青年时代写的又不愿意拿出来，或者他就没有写过关于"母亲"的。于是就背了唐代孟郊的《游子吟》，倒也符合他的身份——


慈母手中线

游子身上衣

临行密密缝

意恐迟迟归

谁言寸草心

报得三春晖

晓华没有准备，轮到他时拿出手机翻找，终于找
到了一首《忆母》——

她伸出一根手指让我抓着

在城里的街上或是农村都是一样。

我不会丢失，也不会被风刮跑。

河堤上的风那么大

连妈妈都要被吹着走。

她教导我走路得顺着风，不能顶风走

风太大的时候就走在下面的干沟里。

我们家土墙上的裂缝那么大

我的小手那么小，可以往里面塞稻草。

妈妈糊上两层报纸，风一吹

墙就一鼓一吸，一鼓一吸……

她伸出一根手指让我抓着

我们到处走走看看

在冬天的北风里或是房子里都是一样。

念着念着，晓华感觉到脸上有泪，这才意识到自从母亲生病以来他还没有哭过呢。母亲病重他没有哭，去世他没有哭，一直到刚才都没有哭，是诗歌让自己流泪了。不是这首《忆母》，而是诗人们念过的所有的诗，是这场诗歌朗诵会，是诗歌这回事，让晓华热泪盈眶……

正好晓华读完，主持人小姐走过来说："时间到了。"闻仁接过话筒说了句"圆满"之后将话筒交还给主持人。


*作者注：《纯棉的母亲》《母亲节》《妈妈》《星期四：墓园》四首诗分别为于坚、何小竹、尹丽川、毛焰的作品。感谢他们的授权，使这篇小说大为增色！

再
婚

一

母亲四十八岁丧偶，直到六十岁她找了一个老伴，这中间有十二年的时间。这十二年，对母亲来说显然很宝贵，她坚持没有再婚，我想有下面两个原因。

一，需要时间从失去我父亲的阴影里走出来（他俩感情很好）；二，母亲总觉得我和哥哥的生活尚未安定。这十二年里我结婚、离婚，找过女朋友，又分手了。工作上则辞去了在大学的教职，决意卖文为生。哥哥婚姻和工作上都没有问题，可我嫂子得了癌症。母亲伺候了我嫂子好几年，去年，嫂子因癌细胞扩散不治去世，母亲终于轻松下来，可以考虑一下她的个人问题了。

母亲年轻的时候是个美人。她和父亲的结合是典型的男才女貌（我父亲是作家）。母亲五十岁时看上去只有四十来岁，围着她转的大多是些老年人，五六十岁，甚至年近七旬。老头们来我们家看望母亲，对他们而言绝对是考验，因为我们家住在八楼的顶层，而且没有电梯，并不是谁都能一口气爬上来的。如此，便阻止了一部分太老的老头。都说寡妇门前是非多，但住在没有电梯的高楼上的寡妇就不一样了。这么多年下来，母亲并没有任何"是非"。清清白白做人，独来独往爬楼，以爬楼锻炼身体，气色不免更加白里透红……

当然，也不是完全没有母亲看上眼的。杨伯伯是我父亲的生前好友，行政级别比父亲要高，并且在职，是宣传部门的一个"文官"。此人相貌堂堂，又有文化，我们觉得他和母亲很合适，可还没有轮到他爬楼呢，政治上却出了问题。从此以后，母亲再也没有提到过杨伯伯。在我父母这一辈人中，政治品质对婚姻而言是首要的考量，我们完全理解。

十二年里，母亲除了这次"未遂"，就再也没有起心动念过。直到六十岁，又出现了一个崔伯伯。崔伯伯在行政级别上和杨伯伯是平级，但已经离休五六年了，也就是说是一个前官员。至于学问、修养，崔伯伯没法和杨伯伯比，更不用说和我父亲相比了。实际上，他和我父亲完全是两种人，出身于农家，打过仗，肯定杀过人。尽管有种种的不如，崔伯伯还是坚持到了爬楼的考验。后来我才知道，爬我们家八楼，对崔伯伯来说岂止是考验，简直就是要了他的老命！

崔伯伯个子不高，一米七不到，体重却有两百斤，况且已经过了七十岁。就这么从一楼开始爬了上来，爬一层歇一层，一面用自带的毛巾擦汗不止。听见响动，在厨房里忙活的母亲让我"赶快"，赶快迎下去接人。我夺门而出，飞奔下楼，看见崔伯伯的一条裸臂（他撸起了袖子）正扒着楼梯扶手，一顿一顿地往上挪。他的大肚子像是一个大皮球，从敞开的衣服里挺出来，几乎都蹭着水泥台阶了。好在崔伯伯的手臂相当结实，带住了身体重量。我来到他下面一级楼梯上，又是推又是托，总算把崔伯伯弄上了八楼。崔伯伯喘息稍定，和我打招呼道："你，你就是，小华子啊。"

"小华"是我的小名，平时母亲就是这么叫我的。可崔伯伯带了一个"子"字，"小华子"，虽然显得很土气，不知为何却让我感到十分亲切。崔伯伯说，是"小车子"把他送到楼下的，"他们"要把他送上楼，崔伯伯没同意，让车和人先回去了。这大概是某种表白，告诉母亲他没有作弊。母亲听后露出了赞赏的表情。

然后，崔伯伯就进了母亲的房间。这也是母亲特意安排的，没有让他待在客厅里。我们家的客厅没有对外的窗户，白天也显得很昏暗。母亲的房间则不然，朝南、朝东都有大窗户，不免阳光明媚。那房间里放着我母亲睡觉的席梦思床，写字的写字台（我父亲的遗物），以及母亲和父亲结婚时购置的一只带穿衣镜的大衣橱。总之，这是母亲的私人空间，从来不对外的，让崔伯伯进来坐是把他当成了自家人。

母亲房间里有两只小沙发，一个小茶几，崔伯伯坐进其中的一只小沙发，立刻就将它塞满了。小沙发没有坍塌是个奇迹，很可能母亲事先加固过了。崔伯伯坐得满满当当的，看上去让人觉得异常踏实，有一种物尽其用之感。

母亲端了两杯茶进来，之后就去厨房里继续做饭了，留下我独自面对崔伯伯。我在想：这人将成为我继父，就是这个老男人。怎么说呢，此人不仅够胖，而且很黑，五官就不说了，毕竟年过七十，无论美丑都随着岁月的流逝消磨了。这是一张超越了审美的老人的脸。可有一点，崔伯伯和我说话时似有毫光一闪，就像空气中有小刺一样。原来，崔伯伯镶了金牙！当然也不是什么金牙，没那么多的金子，但他至少有一颗牙齿是金属的。母亲找了一个有金属牙齿的老伴，的确令人诧异，我身上的"排异反应"顿起，不觉打了一个寒战。

但总体说来我对崔伯伯的印象不错。没错，就是总体上不错，局部则没法说。这个总体的意思就是指崔伯伯的全部，那不无庞大的身躯上，仿佛有源源不断的热能散发出来。不是年轻人的性欲，也不是他爬楼爬热了，而是某种令人感到异常亲切的暖融融的东西。其实，崔伯伯和我的交谈也很日常，什么"小华子你在哪里工作""一定要注意身体啊"，但就是让我觉得舒服，如沐春风。

吃饭就在母亲的房间里，菜盘放在小茶几上。母亲坐进另一只小沙发，我拖了一张塑料凳子过来，也坐下了。两高一低，就像两个大人带着一个孩子。母亲不断抱歉，说地方太小了，不像崔伯伯家那么宽敞，又说起自己不会做饭。崔伯伯说："不碍事，不碍事。"折叠着无法折叠的肥厚身躯吃得呼啦有声。他不像是装的，一副十分享受的模样。

事后母亲问我对崔伯伯的感觉。我说："很好啊，人不错。"

"不错在哪里？你说具体一点。"

"不错，不错就是他是一个老实人。"我仍然没法说得很具体。

母亲深深吐出一口气，道："是啊，如果不是个老实人，我干吗要找他呀。"眼圈竟然红了。

那天我哥哥晓宁出差去了外地，但他已经见过崔伯伯。晓宁是自报家门去崔伯伯家见他的，顺便在崔伯伯家混了一顿晚饭。晓宁不像我，比较外向，而且是长子，责任不同。都说长子如父，他是代表我父亲去见父亲的"接班人"的，结论和我一样，就是这是一个靠得住的人。也就是说，到我这儿，已经是最后一审了。我的反应就像在对母亲说：没问题的，您就放心地嫁吧！

二

就这样，母亲嫁到了崔伯伯家。没有举行任何仪式，甚至崔伯伯家连房子都没有粉刷。用作新房的房间就是崔伯伯原先睡的房间，也没有购置家具。只是母亲搬过去以前，崔家请了木匠，打了一张结实的大床。

"结实的大床"是母亲的原话。她解释说崔伯伯太胖了，所以床一定得结实，同时也解释了为什么不在家具店里买床，而要自己打——家具店买的床不结实。但我仍然有一个疑问，既然没换任何家具，为什么要换床呢？母亲说，换床是应她的要求，她从来都是睡床的，最早是棕绷床，后来是席梦思，而崔伯伯一直都是睡炕的。

"啊？"我就像看见了崔伯伯的金牙一样觉得太不可思议。

"为这床的事，"母亲继续道，"在你崔伯伯家里还发生了一些小争议。崔桑桑认为她爸爸睡炕睡惯了，床太软，对老年人的身体不好。最后崔伯伯力排众议，坚持让人把土炕给砸掉了。"

母亲说她亦有妥协，那张新打的结实的床只是一个床架，上面既没放席梦思，也没放棕绷，而是担了一块很厚的木板。"这样睡上去对崔伯伯的身体就不会产生不良影响了。"

母亲一再强调，崔伯伯是向着她的，嫁过去以后也会保护她，让我和晓宁放心。"再说了，将来就我和崔伯伯两个人过日子，崔广虽然身体不好，但完全可以照顾自己。"

且慢，母亲明明说了三个人（她、崔伯伯、崔广），为什么又说是"两个人过日子"呢？母亲的"口误"显然和她对崔广的认知有关。

崔广是崔伯伯的二儿子，因为身体原因，一直没有结婚，以后也不太可能结婚。崔伯伯的意思是，这辈子他总得带着他过。就像那是一个小朋友，并非是成年人，就成人的意义上说是不算数的。这自然是母亲的一个错觉，而错觉的产生则是因为崔伯伯。说到崔广的存在时他尤其轻描淡写，一句话带过，就像那根本就不是一个问题。相反，他强调了那孩子没有出息，既无学历，也无任何技能，目前在崔伯伯原单位的保卫处混日子，显然是靠他爸的关系硬塞进去的。说句过分的话，母亲就没有把崔广当成一个完整的人，所谓的"半条命"，病弱体虚，不足为虑。

母亲说，"将来就我和崔伯伯两个人过日子"，大可深究的还有这"将来"二字。这就关系到崔伯伯的女儿崔桑桑了。崔桑桑倒是结过婚，又离了，目前带着一个四五岁的男孩住在家里。崔伯伯告诉母亲，崔桑桑已经交往了男朋友，结婚在即，一旦结婚自然会带着孩子搬出去。后一层意思崔伯伯没有明说，逻辑如此，但崔伯伯的确使用了"暂住"一词。崔桑桑和她儿子是暂住在家里的。

回头再看母亲说的"将来就我和崔伯伯两个人过

日子"，我和晓宁也就释然了。崔伯伯和前妻育有两儿一女，老大事业有成，早就另立门户。老二是"半条命"，可忽略不计。老三不过是回娘家暂住，总归是要回夫家的（前夫、后夫可不论），她带着孩子这一走，崔伯伯家可不就只剩下母亲和崔伯伯"两个人"了？不过这里还是忘了一个人，就是崔家的老保姆徐婶。徐婶和崔家沾一点远亲，是老家人，在他们家有二十年了。徐婶的存在应该是一个正面信息，日后可以照顾老二的生活。

崔伯伯家住一楼，由于崔伯伯的级别关系，分的房子特别大，有六七个房间。"将来"母亲不怕别的，怕就怕"地广人稀"，难免空旷寂寞。大概因为同样的原因，崔伯伯才想起来要找老伴的。老伴老伴，就是两个老人做伴嘛。

母亲嫁到崔家后，我的生活并无任何变化。这之前我就不住在家里，在外面另租了房子，只是周末的时候回家吃晚饭。现在依然如此，只不过不再回"我们家"了。我和晓宁会去崔家或者"妈妈那儿"。届时参加家庭聚会的当然也不止我们，崔伯伯的两儿一女也都会到齐。崔胜、大媳妇带着他们的女儿回来看崔伯伯、崔广、崔桑桑和崔桑桑的儿子本来就住家里。崔桑桑的男朋友也会过来。我们家三口，崔伯伯祖孙三代是八口，加上保姆徐婶，一共是十二个人。吃饭时用的是那种饭店或者机关食堂里才有的带转盘的大圆桌（我高度怀疑就是从机关食堂搬过来的），不免挤得满满当当。徐婶自然不在桌上，她要伺候一大家子人吃饭。另一个不在桌子上的人是母亲，她得指挥徐婶，桌上甚至都没有母亲的位置。

　　一开始我不知道，总是问"我妈呢"，没人搭腔。于是我就直起上身冲着厨房的方向喊："妈，妈，吃饭了！"母亲不无温柔的声音遥遥地传过来："你们先吃，不用等我。"其实并没有人等她，桌子上早就响起一片呼呼啦啦喝棒子面粥的声音。

　　另一个人有时也不在桌上，但桌边预留了他的座位。这人便是崔广，每顿饭以前他都得给自己打一针。一次我去厨房里叫母亲，路过崔广的房间，门开着但屋里没开灯，只见一个人影对窗而坐，两只手放在前面正在用力。崔广的背影相当猥琐，夹肩缩脖子的，就像在手淫一样。母亲告诉我，崔广是在注射胰岛素。

　　"快去吃饭，桌上有你的座位。"

　　母亲道："那是留给崔广的，我和徐婶在厨房里吃。"

为了不让我和晓宁太难堪，有几次桌上有人吃完离开了，母亲也会走过来，坐进空出的椅子，陪我们（她的两个儿子）把饭吃完。

当然，如果母亲来到桌子上，也不会有人说什么。但如果是徐婶，那就另说了。我亲眼见过一次，吃得差不多了，徐婶端着半碗饭过来，在一张长板凳上担了半边屁股，去菜盘里搛菜。崔桑桑对她说："你去厨房吃，中午还剩了不少酸菜炖大肠，你把它们解决了。"

对母亲，她倒不会这样，最多是脸色不好。崔桑桑大概三十六七岁的年纪，模样还算俊俏，只是双眉之间有一道很深的皱纹，看上去凶巴巴的。每当母亲坐上桌，她那道竖纹就更深了。

我和晓宁为母亲抱不平。母亲解释说："每家有每家的情况，他们家是北方人，女人、孩子从来不上桌……"

"难道崔桑桑不是女人吗？崔胜老婆不是女人吗？两个小孩不也都在桌子上？"

"桑桑是家里的女儿，他们家就这么一个女儿，老大媳妇是客……"

"我看不是因为是北方人，是他们家是乡下人！"

"别说那么难听。"母亲道，"我也是他们家的人。"

和母亲的对话当然是背着崔家人进行的。有时在崔家的厨房里（母亲的岗位？），有时则是母亲打电话给我和晓宁的时候。

如果你认为母亲因为上不了饭桌而感到非常委屈，那就错了。她只是稍微有些不习惯，并无任何委屈，甚至还有一点兴奋。此话怎讲？那就得从母亲的经历说起。

她是独女，和我父亲结婚不是嫁到男方家去的，而是，我父亲到了他们家。也就是说父亲是"上门女婿"，所谓的"倒插门"。母亲虽然结过婚，但从来没出嫁过，在"出嫁"这个词的严格意义上。母亲从小到大没有离开过"家"，一开始是在父母家里，结婚后仍然在父母家里，外公外婆去世以后她就在自己的家里了，但家还是那个家。我父亲因病去世，这一点并没有改变。母亲嫁给崔伯伯是二婚，第二次结婚，可嫁人只有一次。这对母亲来说绝对是一件新鲜事，全新的经验和尝试……

母亲只是没有想到，崔伯伯家人口众多，人际关系也比较复杂。但既然来了，就得迎接挑战。崔家没有公婆，只有儿孙，这已经是老天爷格外眷顾了，挑战难度顿减，剩下的不过是对付几个儿女。再者，母亲现在是崔家名正言顺的主妇，有责任也有义务整饬这个家，开始阶段的委曲求全也是必要的吧。

"这么大一个家，要彻底理顺也真不容易。"母亲对我们说，"好在你崔伯伯是支持我的，崔胜和大媳妇也蛮通情达理。"

母亲开始学习做家务，这些方面她多少有些自卑。因为是独养女的原因，从小外公外婆比较娇惯，母亲对家务活并不擅长。外公外婆活着的时候一切由他们代劳，他们去世后家里请了钟点工，再加上我们家人口少，家务规模有限，母亲竟然也能做到应付自如。可到了崔家就不一样了，她得独当一面，至少需要做好崔家希望的"本职工作"。母亲于是向崔桑桑虚心求教（母亲进住以前，她是崔家的女主人），大概也是个借机联络感情的意思。崔桑桑爱答不理，意思是母亲连这些分内的事都不会做，"我们家不是白娶了这么个媳妇吗？"虽然没有说出口，但母亲岂能不知？因此就更加自卑了。由于自卑也就更加地努力和发奋。母亲大概真的觉得，自己是没有资格坐上崔家的大饭桌的。

两家人的生活习惯也的确不同。母亲在自己家为照顾我们而练就的技能，到了崔家完全不管用。比如他们家是北方人，吃饭以面食为主，母亲既不会包饺子，也不会蒸馒头，和面擀面切面条之类的更是不灵。棒子面粥、小米稀饭、面片汤、酸辣汤什么的母亲几乎闻所未闻——我的意思是从来也不会出现在我们家的饭桌上。洗衣服，母亲只会开动洗衣机，崔家的衣服却要求用手洗，使用母亲早就忘到九霄云外去的搓衣板，或者放进一只大木盆里人脱鞋进去用脚踩。就差没有去到小河边上用棒槌捶了。崔家也有一台单缸洗衣机，纯粹是摆设，买来以后从没有插过电。母亲嫁过去以前，崔家的衣服都是徐婶在大木盆里用手洗的，母亲嫁过来后，至少崔伯伯的内衣和她自己的衣服得母亲洗吧？自然不能用洗衣机，只有大木盆和搓衣板。被子，我们家的被子都是被套套上棉花胎，崔家不行，需要洗被面、被里，还要缝被子。棉花胎也得三年一弹，请专门弹棉花的来家里弹。好在时候未到，这件事还没有提上日程。遥望未来，母亲不禁犯愁：这年头去哪儿找一个弹棉花的呀！

不过崔家人也有一些良好的习惯，比如讲卫生。母亲悄悄告诉我和晓宁："你崔伯伯每次大便都要洗，别看他是一个粗人，其实很爱干净。"

崔伯伯身躯硕大，每次大解后都要在一只木桶里（其实是木盆，崔家称之为桶）洗屁股，弯腰屈膝很不方便。每回他都需要别人帮忙，崔桑桑、徐婶显然不合适，所以都是崔广来。打水、递毛巾、扶人。有时崔广下班回家晚了，或者崔伯伯闹肚子，那就麻烦了。崔伯伯憋着一张涨成猪肝色的脸，眼巴巴地盼儿归。母亲嫁到崔家后，至少在这件事上帮上了大忙。母亲不禁获得了某种存在感，大概也因为这个原因，她才会向我们透露崔伯伯的这个纯属个人隐私的习惯的吧。

### 三

母亲终于坚持不住，开始回娘家。这个娘家就是"我们家"，具体来说就是她原来住的八楼，娘家人也就是我和晓宁。回娘家对母亲来说也是"大姑娘上轿头一回"，每次归来，她都会把我们哥俩招集到一起，诉说在崔家种种遭遇和不平，宣泄一番。

母亲说，她小看崔广了，以为他是一个病弱的孩子，没想到是个人物。"这人阴得很，"母亲道，"在家里走路的时候一点声音都没有，飘过来飘过去的，整天在屋里转悠。干什么？摸摸看看，检查门户，巡逻嘛。大概也是一种职业病，他不是在崔伯伯原来的单位干保安吗，没见干出什么名堂，保安工作做到家里来了，防我就跟防贼似的。我多心了？这家里可不就我一个外人吗，徐婶在他们家已经二十年了。说具体的事情？其实也都是一些小事，就是因为事情小，所以才让人讨厌，我就像吃了个苍蝇一样。比如家里东西的摆放，我想换个花样，挪个柜子搬个衣橱什么的。你崔伯伯帮我，我们两个老的加上徐婶花了九牛二虎之力把家重新布置了一番，崔广回来会把东西搬回头。当然他一个人也搬不动，就让崔桑桑还有徐婶过去帮忙。关键是，他什么话都不说，也不说我的审美到底哪里有问题，就这么招来他们不打招呼地把家具搬回原来的地方。之后也不解释，好像什么事都没有发生过似的。后来我就不再挪动'公共区域'里的东西了，但我和崔伯伯的房间，布置权总归在我吧？我只调整我们房间里的家具位置。崔广一视同仁，竟然把崔桑桑、徐婶招到我们的房间里，把挪过的家具再按原样挪回去。真是岂有此理！后来，我就不再动那些大物件了，小东西，垃圾桶啦，碗橱里餐具的分类啦，我挪动它们也只是顺手。这也不行，崔广回家会一一地放回原处。连崔伯伯洗屁股的木桶、吐痰的痰盂他也不放过，都得检查一遍，按原样放好。这人还细心得很，什么都逃不过他的眼睛。人瘦得像个猴儿，体重只有崔伯伯的一半，长得也一点不像他爸，两个眼睛整天滴溜溜乱转，脸色煞白，脸上什么表情都没有……这不是难为徐婶吗，她虽然是个老实人，但也委屈呀。刚帮我和崔伯伯搬过东西，又要帮崔广搬回去，做的不是无用功吗？崔广有时候还骂人，说家里什么东西找不到了，什么东西乱放一气。不是对我说，只是盯着徐婶责骂，徐婶代我受过，其实跟她一点关系都没有。我实在看不下去，就对崔广说，那是我让搬的，或者是我放的。崔广这才会抬起眼睛看我一下，在这之前他根本就不朝我看。崔广面无表情地看了我一眼，目光又飘走了，没有任何回答。他继续指挥徐婶、崔桑桑搬东西，就像我说话是放屁一样！"

母亲竟然说出了"放屁"这样粗俗的字眼，我吃了一惊。也是她压抑太久，或者是在崔家待得时间长了，近墨者黑，受到了传染。

母亲继续。

"这崔桑桑也不是一个善茬，凶得很。对她儿子凶，三个不来就是一巴掌，打得孩子吱哇乱叫。对崔伯伯也不好好说话，冲她爸一冲一个跟头。对徐婶更不用说。唯独对她这个二哥百依百顺，让她干什么她就干什么，搬箱子挪柜子不带含糊。我对崔广说，这是我的主意，是我和你爸一起搬过去的。崔广不说话，崔桑桑就替他回我，回我的时候一口一个'我妈'。床头柜以前'我妈'就是这么放的，碗橱里的碗'我妈'是大碗小碗分开摆的，剩菜'我妈'从来都是自己吃的。她对我还算客气，不像对她爸，但总是提她妈这不是故意的吗？现在，我不就是你妈吗？虽然是后母，你可以不叫妈，但至少不看僧面看佛面，我是你爸现在的老婆！

"什么，崔伯伯的态度？他当然向着我，否则也不会和我一起搬家具了。但这人怕老婆，以前在这家里肯定是他的前妻做主。晚上关上房门，崔伯伯也会给我赔不是，说他害怕崔桑桑，看见崔桑桑就像看见了他前妻，崔桑桑和她妈一样凶。崔伯伯说他前妻是地地道道的北方人，比崔伯伯的老家还要北的北方，在公寓房里砌了个大火炕就是她要砌的，离了火炕她睡不着觉。而且，这前妻还抽烟，不是抽纸烟，是抽旱烟袋，一袋一袋地抽。崔伯伯这么一说，我马上就有了想象：一个北方农村的老娘儿们，盘腿坐在土炕上，吞云吐雾，时不时地还在炕沿上磕磕烟锅。这，就是崔桑桑的亲妈！当然了，崔桑桑不抽烟，也不睡炕，崔伯伯说她像她妈，说的就是她的脾气和做派吧，所谓的'灵魂的画像'。总而言之，一想到崔桑桑盘在炕上抽烟袋，我就斗志全无。我怎么可能斗得过这种人？崔伯伯不敢为我出头，我也能理解了。你崔伯伯真是太可怜了，前半生摊上了这么一个老婆太不幸了。难怪他总是说，能碰见我是天上掉馅饼，不知道哪辈子修来的福，而我那是吃了大亏了。你崔伯伯真是一个好人，可怜人……"

说到这里，我们发现母亲的话锋已转。我们正在为母亲的处境犯愁，琢磨可能的对策时，母亲开始可怜崔伯伯。原来她找"娘家人"只是想宣泄一下，并没有太多别的意思。之后母亲说起崔伯伯的大儿子，也就是崔胜，可以说是赞不绝口。

"老大不像那两个，对我很尊重。本人也有出息，是他们学校校办工厂的厂长。大媳妇也好看，高高挑挑的，每次回来都会折进厨房里帮我和徐婶，徐婶不在就拉着我说点女人之间才有的体己话。他们的女儿也好，懂礼貌，每回都喊我奶奶，就像我是她的亲奶奶一样。不像崔桑桑儿子，父母离异，也不知道落下了什么毛病，看动画片的时候要去摸痰盂。节目开始以前他非得去摸一下崔伯伯的痰盂不可，然后才会在小板凳上坐坐好。那痰盂多脏啊！我把痰盂挪了个地方，他还到处去找，弄得他妈对我直翻白眼。等崔广找到痰盂，捧在手上端回来，那孩子上去就摸。崔桑桑也知道痰盂脏，上去就给了她儿子一巴掌，吼她儿子说，摸过了要洗手！她不禁止儿子摸痰盂，只是说要洗手，有这么做母亲的吗！"

母亲突然停下了，大概意识到，话题又绕回了崔广、崔桑桑。"总之，老大一家没问题。"母亲再次绕回来，"这崔胜长得也像你崔伯伯，崔伯伯年轻的时候长的就是他那样，崔胜老了以后就是崔伯伯那样子……"

我给母亲泼冷水："你对崔胜一家印象好，主要还是他们不住在家里吧，没有利害冲突。如果住一起，那就难说了。"

晓宁表示赞同，但同样的逻辑经他一说就不一样了，是对母亲的莫大安慰。"没错，一旦崔桑桑结婚搬出去，她也会对你有礼貌的，至少不会像现在这样为难你。剩一个崔广也就孤掌难鸣了。"

"是啊是啊，我就盼着她嫁出去了，越快越好！"

# 四

由于崔伯伯家的氛围，加上母亲透露的"内幕"，后来我就不太愿意去崔家了。但不去也得去，甚至更应该去了，为了给母亲"加势"。好在每周只有一次，并不是天天去，能做的只是缩短逗留时间，吃完晚饭就借故告辞。每次，也是临到开饭才抵达，放下饭碗就站起身走人。晓宁的情况也差不多。我们夺门而出，把一大家子的欢声笑语留在身后，心里其实内疚得不行。母亲眼睁睁地把我们送到门外，那眼神我至今难忘。她自然愿意我们多待一会儿，多陪她几分钟，但崔家的确留不住人。更有甚者，后来我和晓宁开始错开，每个周六，母亲这边都会有人去崔家，但不再是两个儿子全体到齐，而是只去一人。我们保证有一个人周末会去崔家。这就不再是团聚了，完成任务而已，说明母亲的娘家还是有人的。

去了之后，自然都是兄弟姐妹。对崔伯伯的两儿一女我们以礼相待，对方待我们也算客气，没有发生任何冲突。当我们的面，崔广、崔桑桑对母亲谈不上亲热，但也没有过分，显然大家都在装模作样。这又不费什么劲，我们抵达到离开，前后最多不超过一小时。

崔胜甚至会邀请母亲上桌。他说："华阿姨，你也一起来吧，灶上的事就交给徐婶。"

饭后，崔胜媳妇也会折进厨房，就像母亲说的那样，站在洗碗的母亲身边递递拿拿，叽叽咕咕，说着"女人之间才有的体己话"。

如果不是在崔家，而是在外面的大街上，碰见崔家的这些姊妹，情形就又不一样了。感觉上就像他们真的是我的哥哥、姐姐，至少是一家的，有那么一种说不出道不明的特殊联系。我要说的是这么一件事。

一天并非周末，我路经一家电影院。我没打算看电影，竟然鬼使神差地去电影院的售票大厅转了一圈——大概是门口聚了很多人，我进去想看个究竟吧。更奇的是，居然看见了崔桑桑，她没有带儿子，和男朋友一起站在一堆买票的人后面。四目相对，我犹豫不决要不要喊"姐"，一瞟旁边，男朋友也正在犹豫，要不要挤进去买票。实际上他已经开始准备行动了，摘手表、撸袖子……也许是为避免尴尬，或者因为别的什么，我对崔桑桑说："我来！"不等她回答便一头扎进了人堆里。三分钟后我一身大汗再次出现在他们面前，把两张皱巴巴的电影票递过去。崔桑桑要付我钱，我死活没有要，几乎是跑着出了售票厅。下了电影院台阶我仍然小跑了一段，这才心潮难平地换成步行。

这自然是一件微不足道的小事，事后我非常纳闷，怎么我就看见崔桑桑了呢？我自己并没有要看电影，怎么就想起来帮她买票的呢？好像我是个买票高手一样。当时我是怎么想的，心理活动如何？事实上，当时我想都没想，正因为想都没想，不假思索，所以这事儿才意味深长。我在巴结崔桑桑吗？希望她对母亲好一点？或者说我在展示身手，炫耀武力，说明自己不完全是一个文弱书生？或者就是觉得和崔桑桑是一家人，她是我姐姐，理应为她效劳？或者是所有的这些因素加在了一起，我是在直觉下行动？总之，这票买得及时、漂亮、正确，我极为正确地没有要崔桑桑的钱，类似于向她行贿。我的潜台词大概是：看在我帮你买票、请你和你男朋友看电影的分上，希望日后对我母亲能手下留情。

反正买完票之后，我便有了一种针对崔桑桑的意识：我是帮你买过电影票的人，其他的事，你就看着办吧。

母亲再一次回到“娘家”，我向她汇报了这件事，母亲大为赞许，甚至露出了深感宽慰的笑容。这又一次证明我做对了。

母亲拿出二十元钱交给我，说："崔桑桑让我给你的，我问她什么事，她也不说。原来是电影票的钱啊，早知道我就不收了。"

我说："即使我收了她的钱，她也是欠我的。这根本不是钱的事，那种场合，买票是需要技巧的，你不能从人群后面挤，得顺着墙边挤过去……"

母亲说："知道啦，知道啦，还是我儿有本事。"


五


母亲在崔家的处境继续恶化。怎么说呢，她和崔家子女的相处关系到大是大非，并不是我想当然的小恩小惠所能改变的。这天，终于出事了，崔桑桑动手打了母亲。当然不可能是殴打，她打了母亲一耳光。母亲做梦都不会碰见这种事，我和晓宁更是不敢想象。放下母亲哭诉的电话，我在工具箱里找了一把大号改锥，揣在裤兜里就奔崔家了。晓宁因为病毒性痢疾，正在医院挂水，我在楼下车棚里取自行车的时候接到他的传呼，回电话过去，他也知道消息了。晓宁让我不要轻举妄动，说他马上找几个人一起过去，让我在崔家的小区门口等他们。一场大战在即，我不禁激动得浑身发抖。

骑到一半，我腰间一麻，是母亲呼我。马上拐到路边的一家小店回电话，母亲仍然带着哭腔，但这次不是哭诉，而是央求我不要现在过去。她说她也通知了晓宁，让他别过来。"事情不是你们想的那样，我也有错——"

"她到底打没打你？"

"大家都需要冷静一下，你们过来也解决不了问题。"

"到底打没打，你快说呀。"

"你答应妈妈不过来。"

"打没打！"

"也就是刮到一下。"母亲终于说，"而且，而且，她爸爸已经向我道歉了……"

"他道歉有什么用，崔桑桑呢！"

"她肯定也知道错了，连崔广也说了他妹妹，我保证她会向我道歉的。"

反正母亲死活不让我现在过去，她说："早知道我就不跟你们说了，也是事情来得太急。"

母亲又说:"你们这么一来,两家肯定得打起来,我们家几个人?他们家多少人?肯定打不过的。"

"打不过也得打。"我说,"晓宁已经去叫人了。"

"晓华啊,你就听妈妈一句,你一向生得单薄,你哥哥又正在生病……"

"那也得拼!"

"不要来!不准来!"母亲发火了,声音震得听筒里一阵刺啦乱响。她又开始带上了哭腔。

我心里不忍,想立马奔到母亲身边,但这恰恰又是令她情绪再次激动起来的原因。

我换了一种语调:"我保证,我们过去不会打架的。"

"那也不行,不准来!"

"那,那你说,我们什么时候过去?"

母亲平静下来,想了一会儿说:"老规矩,星期六。"

"啊?"

"这种事急不得,明天就是周末了。"

第二天我去了崔家。令人惊讶的是,就像什么事都没有发生过一样,和以前的那些周末并无任何不同。

当然了，我没有掐着饭点去，下午三点就抵达了崔家。整座房子里静悄悄的，母亲和徐婶在厨房准备晚饭，崔伯伯坐在客厅的沙发上看电视。崔桑桑的儿子坐在他脚下的小板凳上，一边放着崔伯伯的那只痰盂。电视只开了一点声音，唯有老鼠和猫在荧屏上折腾不已。崔伯伯特地告诉我，崔桑桑还在睡午觉，但他提到崔桑桑的时候，声音和表情又极为正常。于是我也坐下来看电视，一边等待崔桑桑的出现。但说实话，我并不知道该如何应对崔桑桑。也许这就是"冷静下来"的效果，冷到了冰点以下，似乎需要的时候也没有能量和动力可用了。

母亲走进客厅里几次，用眼神告诉我：不可造次。

陆陆续续，有人来了。崔胜一家，拖儿带女、提着水果，崔广夹着一个公文包下班。我像主人一样，站起身来迎接，崔胜和他媳妇不免露出惊奇的表情，但似乎让他们感到吃惊的只是我早到了，而非昨天家里发生了恶性事件。也许他们真的不知道呢。晓宁没有来，这是我和他商量好的，也征得了母亲同意。母亲的意思是，不要激化矛盾，一切都要像以前一样，以前我们就是一个人来的。晓宁的意思则是，需要保存预备力量，我先前往一探究竟，他在"外面"也好有个策应，需要的时候再带上人手直扑崔家。况且晓宁的痢疾没有好利索，一副病容，贸然前来难免会暴露我方的虚弱。

之后就开饭了。和往常一样，一大家的人坐了满满一桌。崔桑桑自然出现了。她睡眼惺忪，甚至于衣冠不整，因此看上去也不像以前那么凶了。

我还是想挑点事，直起上身冲厨房的方向喊："妈，妈，你也来吃！"

已经有三个月我没这么喊了，这次显然是故意的。大概为了缓和我的情绪，母亲没有回答"你们先吃"，而是说"我来了，来了，就来"。她真的过来吃饭了，桌上没有她的座位，母亲自带了一张板凳。大家又挤又挪，为她让出一个空当。我注意到崔桑桑也往边上挪了一下。实际上她并没有挪，只是做了一个挪的动作，这也行啊！

吃饭过程中，我没有朝崔桑桑看。不是害怕她，是怕四目相对我会爆发（我的裤兜里还放着改锥呢）。她大概也是同样的想法，没朝我看。但我们都会忍不住，在对方不看自己的时候迅速瞟上一眼，然后，再把目光移开。就这样彼此瞟来瞟去，同时又得避免目光接触，相当暧昧。

崔桑桑是崔家最小的孩子，我也是我们家最小的孩子。崔桑桑结过婚，又离了，我也结过婚，离婚了。再说了，崔桑桑的模样可圈可点，除了眉心的那道竖纹……我一通胡思乱想，醒悟过来，不禁汗如雨下。难道，我这是想通过"和亲"解决问题吗？我在心里开始痛骂自己，搜集对崔桑桑的恨意。为激励自己我暗自念叨着，你打了我妈，你打了我妈，你打了我妈……我他妈的还为你买过电影票呢，把你当成我姐姐，你他妈的真是没有人性！

吃完晚饭，我并没有马上告辞离开，而是坚持到了最后。崔胜一家走了，崔桑桑的男朋友走了，崔桑桑和崔广也都回了自己的房间，甚至徐婶也睡下了，我还没有离开。这栋大房子终于归于彻底的寂静，除了崔伯伯在卫生间里准备洗屁股发出的谨慎响动。我站起来，对母亲说："那我走了。"母亲的回答是："不，今天你不要走，就住在这里，留下来保卫妈妈。"

"保卫妈妈"，她就是这么说的。我自然义不容辞，而且非常内疚，自己竟然没有想到！

母亲告诉我，这一举措是她和崔伯伯商量好的，并且已经告知了家庭其他成员，也就是说，崔广和崔桑桑是知道的。

当然，我住在崔家并起不到"保卫"的作用（崔家人多势众，我不是对手），这一举措只是某种必要的姿态，总不能说，打了就打了，抗议还是需要的。"我们可以吃亏，顾全大局，但我们知道自己吃亏了，也要告诉他们我们知道自己吃亏了。"母亲后来说。我完全赞同。

伺候完崔伯伯，母亲抱了被褥，给我铺床。我就睡在她和崔伯伯房间旁边的一个小房间里。不仅当天晚上我睡在崔家，第二天、第三天，我也是在那小房间里睡的。母亲的计划是我和晓宁两个人轮值，轮流"保卫妈妈"，每天晚上都得有一个儿子在崔家过夜。由于晓宁身体的原因，前一周都是我值班，等他的身体彻底康复，恢复了一定体力，就会来换班的。并且母亲决定，近期内她也不回"娘家"，要在崔家坚持下去，看看到底会有什么结果。


六


我每天去崔家吃晚饭，然后住在小房间里。由于不是周末，崔家吃饭的人少，我就更加难受了。饭桌上，崔桑桑这个目标不禁被放得更大，好在她也意识到爆发冲突的危险性，变得不无客气。当然，这只限于对我。对母亲，她仍然眉头紧锁，不置一词，更别说道歉了。我心里想：你对我如何真的无关紧要，关键是对我母亲的态度，这个简单的道理难道你不懂吗？两天以后，崔桑桑竟然开始和我套近乎，帮我夹菜，甚至主动提起我帮她买电影票的事，就像在说，我和她是一头的，至少可以互相理解，而母亲是另·头的。大有挑拨我们母子关系的意思。我告诫自己说：你一定得守住，她越是虚情假意，你就越需要不为所动。我也的确是这么做的，坚持对对方爱答不理，在对峙中一时间占尽了上风。

母亲为我铺床，悄悄对我说："你搞错啦，其实，这家里最坏的是崔广！"于是终于有机会，说起那天冲突的前因后果。

母亲把崔伯伯的一双破得不能再破的拖鞋扔进垃圾桶里，崔广下班回家检查垃圾桶，又捡了回来。他捡回来，母亲就再扔，崔广就再捡，如此反复至少三个来回，两人不禁较上劲儿了。最后，母亲实在忍不住，对崔广说："这拖鞋是我扔的，烂得不能再穿了。"她当着崔广的面，再一次把拖鞋扔进了垃圾桶，崔广当着母亲的面，立刻又把拖鞋捡了起来。崔广一只手拿着一只拖鞋，鞋底对鞋底磕碰了半天（除灰），也不说话，将那双拖鞋公然放回到母亲和崔伯伯的床下面。母亲这才叫喊起来："崔广！"这之后崔桑桑出现了，奔过来问："怎么啦？"母亲说："你问你哥哥。"

崔桑桑并没有问崔广，显然她早已经知道拖鞋的事。"这是我妈给我爸买的拖鞋。"她恶狠狠地说，"我妈的东西你不能动！"

崔广这时候说了一句话："我妈买的是皮拖鞋，她买的是什么，连农民工都不会穿。"

母亲给崔伯伯买的是一双普通的塑料拖鞋。她还没有想明白崔广话里的意思，崔桑桑就抬手打了母亲一巴掌。

"如果崔广不说皮拖鞋，崔桑桑也不会动手的。"母亲对我说，声音里带上了哭腔，仿佛又回到了她挨打受辱的那一刻。

"那崔正呢？"崔正是崔伯伯的大名，我直呼其名以表达我的愤怒，"他当时在哪里？为这狗屎的拖鞋吵的时候他人在哪里？"

"他能怎么样？"母亲摇头道，"除了坚定不移地穿着我给他买的拖鞋，还能怎么样？也是他挡了一下，崔桑桑只是手指头刮到了我的脸。唉，我也有错，的确不应该给崔伯伯买一双塑料拖鞋的，塑料拖鞋太硬，老年人穿了站不稳，容易摔跤。我也是顺手在门口的超市里买的……"

在崔家连着住了三晚，实在难熬，甚至我的工作也受到了很大影响。早上回到我租的房子里，不免心乱如麻，一个字也写不下去。睡眠更不用说。我本来就有失眠的毛病，在崔家那样的氛围和坏境里根本睡不着，白天昏头涨脑的，于是就补觉。到了下午，又开始琢磨去崔家吃晚饭的事。挨到傍晚，鼓足勇气骑车前往，越走越犯怵，但一想到母亲还在等我又不得不去。去了无非是吃饭、睡觉，"保卫妈妈"的任务则非常抽象，很不明确。打也不能打，吵也不能吵，缓和气氛搞和平外交又找不准对象……总之心情上非常压抑。

这天，我干脆不写作了，补了一个觉后便骑车去了晓宁那里。以探病为名，看看他的情况，看他到底什么时候可以换班。晓宁住在母亲原先住的房子里，也就是"我们家"，或者说是母亲的"娘家"。

我在楼下锁了车，爬上八楼，用钥匙开门进去。看见晓宁正和三个我不认识的人坐在客厅里的桌子前面打扑克。见我进来，晓宁点了一下头，然后继续出牌。当着外人不方便讨论母亲的事，我只好暗中观察。晓宁的气色仍然很差，并且几次让我替他摸牌，自己跑进卫生间里关上门。气味和马桶冲水的声音告诉我，他还没有好利索。难怪这么多天了，他仍然按兵不动呢。

再看一起打牌的那几位，个个膀大腰圆，眉眼不善。所以说晓宁也不是没有把母亲的事放在心上，这三人想必就是他找的帮手了。他们每天坐在这里，静观事态的变化，就等我的一个电话进来。桌子上放着摩托车头盔、自行车链条锁，"武器"都已经准备好了。看来晓宁的思虑仍然沉浸在母亲被打的那天，做好了策应准备。我在想，幸亏我今天过来了，否则这枕戈待旦的局面还将继续下去。

洗牌的间隙，晓宁起身，将我带到母亲的房间里（母亲嫁给崔伯伯后，她的房间仍然保持着原样），关上门。我正准备告诉晓宁，这几天崔家的情况，没等我开口，晓宁弯下腰，呼啦一声从母亲的席梦思床下面抽出一块硬纸板。硬纸板是从纸板箱上拆下来的两片，上面系了一根绿电线。晓宁将电线往自己的脖子上一套，硬纸板垂挂下来，遮住了他的上半身直到膝盖。上面用马克笔赫然写着一行大字：崔局长，你们对不起我母亲！

"我左思右想，"晓宁开始现身说法，"打架解决不了问题。我们能找人，崔家也能找人。如果两家都不找人，我们又人少，寡不敌众。而且这件事从根本上说不在子女，而在崔伯伯本人，是他让妈妈落到了现在的境地……"

"你准备挂着它去示威？"

"不，不是我，"晓宁道，"我只是给你做个样子。你，是你，弟弟，你挂上这牌子去他们家门口一站，站好通知我……不不，挂着牌子你也不方便找地方打电话，我们可以同步，我这几个做媒体的朋友会跟着你。一旦你站好了，他们马上就会出现。"

"你……"

"不是我不去。我现在这样的身体情况不适合完成挂牌子的任务，站着是需要体力的，而且，可能会有居委会的人过来，要应付各种情况……我们要么不站，要站最少得站两小时，必须引起围观，把事情搞大，我目前的情况是坚持不下来的。"

我总算明白了，客厅里的那三个家伙并不是"道上"的，只是晓宁媒体界的朋友。摩托车头盔和自行车链条锁也并非凶器，他们不过是骑摩托和自行车过来的。但是晓宁找来的帮手却确凿无疑。

晓宁取下那牌子，要往我的脖子上套。我后退一步说："我知道你的计划了，但是……"边说边将那牌子对折好，放回到母亲床下。"这件事关系重大，我们需要征得妈妈的同意。"

"这是最佳的办法了。"晓宁说，"时代不同了，武斗不如文斗。没有人不害怕媒体，尤其是那些当官的。"

我表示赞同，但心里却说：让我挂着这牌子去崔家门口站着，那还真不如和他们打一架呢。

当天晚上，母亲为我铺床的时候，我对她说了这件事。母亲当即表示反对。她说："我和崔伯伯还要往下过呀，这么一闹还怎么过？只有离婚。如果真到了离婚的地步，也犯不着这么做了。再说了，是他们家的子女不好，我丈夫是无辜的！"

母亲的胳膊往外拐，挂牌子的事幸而作罢。第二天，母亲不放心，趁崔广、崔桑桑不在家特意致电晓宁，千叮咛万嘱咐，让他千万不能这么干。晓宁这才把人马给撤了，当时就撑着病体乖乖地去了崔家，在崔家吃了晚饭，并且住在了那间小房间里，执行"保卫妈妈"的任务。我被换了下来。

<h2 style="text-align:center">七</h2>

晓宁的感受和我是一样的，在崔家待不下去，因此在轮班这件事情上我们不免斤斤计较。他说："我宁愿打一架，哪怕玉石俱焚！"我说："我也一样。"但我们只能按母亲的方案来，恭敬不如从命。

每天过去一人"保卫妈妈"。我们从来不一起去崔家，就算是周末或者节假日两家团圆，也只去一个。两人一起来难免有炫耀武力的倾向，而一次一人不过是站岗。虽然目前处于某种"战时"状态，前者不无进攻的态势，后者则是被动防御，但无论被动还是主动都是一种相持，属于非常时期，令人神经紧张是免不了的。估计崔广、崔桑桑也一样吧。好在双方都比较克制，没有擦枪走火的事发生。当然了，崔伯伯、崔胜和崔胜媳妇这些"中立分子"从中起到了关键性的作用。说是中立，但背着崔广、崔桑桑，他们对母亲表达了极大的同情，并在语言上对崔广、崔桑桑给予了严厉的谴责。这也是母亲能够在崔家继续待下去的原因。

但时间一长，也就疲沓了。"保卫妈妈"的任务执行起来越来越不严格。开始是衔接方面出了一点问题，我外地来了朋友，或者晓宁出差，恰逢我们中的一个值班，对方又不愿意代班，或者没有通知到，那一天就没有人去崔家"保卫妈妈"。再往后，轮班中间空个一两天甚至两三天已经成为一种常态，即使有人过去，我和晓宁也都宁晚不早。开饭的时候才抵达，放下饭碗就溜进小房间，第二天一大早天没亮我们就撤了。有时候我甚至比五点钟就起床的徐婶起得还要早，有时候也不去吃晚饭，只是到崔家睡个觉。有时候睡也睡不着，我就熬夜苦读，准备睡的时候发现已经三点多了。那还不如干脆起床走人呢，回到工作室后再补觉。完全是一种敷衍，或者说"保卫妈妈"已成为一种仪式，渐渐变得有名无实了。

母亲心疼两个儿子，也不说破。当然，她也没有宣布任务结束。日子就这么过着，慢慢地习惯变成了自然。直到最后，我们完全不去崔家吃晚饭、睡觉了，只是那小房间还为我们保留着，成了我和晓宁的房间。周末一大家子聚会仍然照常进行，我们仍然会去，仍然保持一次只去一人。

也就是说，我和晓宁是先撤的，把母亲一个人留在了崔家。事情仿佛又回到了当初，母亲孤身一人出嫁到了他们家。好在经过这番较量，崔广和崔桑桑多少有所收敛，至少没再动手打母亲了。崔桑桑自然没有向母亲道歉。崔广一如既往地在那栋大房子里游走，到处摸摸看看，检查门户。对此，母亲也不再有太多的怨言，她越来越习惯了。甚至回娘家的次数也变得稀少。偶尔回来看看，我们问起母亲"在那边"的情况，她说："就那样吧。"如果不是崔家突然开始装修，也许母亲就会这么一直待下去的，陪伴崔伯伯直到终老。

事先母亲没有得到任何通知，崔家兄妹就招了装修工人进场。砸墙、砌墙、铺设水管电线、安装地板，崔家整个儿变成了一个工地，日夜不宁。母亲问崔伯伯怎么回事，他说："我也不清楚，回头我问问他们……"其实不用问，这是在装修崔桑桑和她男朋友未来的新房，他们准备在家里结婚。当然，这么大的房子也不是全装，被一隔为二，七间房子装了四间，那四间便是崔桑桑的新房。剩下的三间包括母亲和崔伯伯的房间、崔广的房间，还有我和晓宁的"值班室"。"值班室"在装修结束后被自动取缔了，成了徐婶的房间，徐婶从属于崔桑桑家的那一部分里搬了过来。

母亲的反应先是生气，后来，发现崔桑桑把崔家的房子分成了两部分，她竟然有些高兴。她大概想，虽然住的地方小了，但好歹和这个女魔头分开了。砌墙的时候母亲还走过去帮忙，给抹灰的工人拿瓶水什么的。后来看见他们居然在那道新起的墙上留了一扇门，有一条狭窄的走道直通这边的饭厅、厨房。母亲恍然大悟，以后崔桑桑那边是不开伙的，每天三顿饭他们一家都会过来吃。过道尽头的那扇门是从崔桑桑那边开关的，也就是说，她想过来就过来，母亲这边则无法开关。来往的决定权完全掌握在崔桑桑手里，她和崔伯伯只能被动接受。再加上崔广仍然住在这边，无异于对方在此安插了一个间谍。展望未来的日子，母亲彻底绝望了。

以前家里地方大，心情不愉快的时候还能找个地方待一待，但以后，真是连躲的地方都没有……想到此处，母亲借故家里装修太吵闹，向崔伯伯请假"回娘家"住几天。崔伯伯只有同意。他也只剩下这点权力了，无法制止崔桑桑公然侵占他的大房子，总不能拉着母亲一起受罪吧？

这是母亲最后一次回娘家，因为回来之后她再也没有离开过，没有再回到崔家。当然当时并没有想到这些，不过似乎也有预感。母亲收拾完她的行李，打电话叫来我和晓宁帮她搬东西，走的时候恋恋不舍，眼眶都湿润发红了。"你要不要和我一起去？"母亲对崔伯伯说。

电刨的轰鸣声中崔伯伯没听见她在说什么，后来终于听清了，崔伯伯喊道："你们家的八楼我爬不起啊！"

"也罢，也罢。"母亲说，"你要照顾好自己！"

"什么，你说什么？"

母亲叫道："我没说什么！太吵了，说不清楚，我给你打电话说吧！"她用手指比了一个六，那是接听电话的意思。

崔伯伯终于明白了，使劲地点点头。


## 八


就这样，母亲搬了回来，搬回到她以前住的房子里，八楼顶层"我们家"。

这里真是安静啊，真是简单啊。安静是说没有人砸墙装修，简单就是指人际关系了。没人装修当然是暂时的（这栋楼里每年也会响起几次装修的砸墙声或者电钻的咆哮），人际关系的简单则可谓永恒，进出此地的人也就是我和晓宁。并且因为住得高，窗外的景色也那么明媚，可以看见远处郊区灰色的山影。笔直的塔松从下面一直长上来，高度几乎和这栋楼平齐。母亲遥望半空，不禁落泪，她从来都没有像现在这样，感到自己家让人如此放松和惬意。母亲的房间仍然保持着她再婚前的样子。东摸西看，母亲折往阳台，给快要枯死的花草浇水。

她打算住得久一点，至少等到崔家装修完毕。我和晓宁趁机怂恿母亲和崔伯伯分居。我们首先肯定了二老之间的感情，他们的结合不是心血来潮，障碍出在崔家子女，子女不堪也是没有办法的事。但完全可以换一种交往方式嘛，不离婚但各过各的，然后隔三差五地幽会。这也是一种浪漫呀，不要太浪漫了，说到底是一种洒脱！就算崔伯伯爬不起八楼，他们也可以去宾馆开房间啊。

母亲说："去去去，我们又不是你们年轻人！"

我们说："就算没有那方面的需要，也可以找个安静的地方聊聊天呀。"

"聊天哪里不能聊？电话里也能聊。"

"那也行，你就多给崔伯伯打几个电话，千万不要在乎电话费。"

晓宁当即表示，家里的电话费他来出，打多久都可以。于是母亲就开始给崔伯伯打电话了。

她坐在自己房间里的小沙发上，眼望窗外塔松尖削的树梢，每天至少给崔伯伯打一个电话，最多也只打一个。但通话的时间颇长，不知不觉就是一两个小时，有时能打两三个小时。崔伯伯很照顾母亲，接通以后总是说："你挂了电话，我打过去，我打电话是不要钱的。"大概由于级别关系，按规定崔伯伯享受什么待遇，母亲也搞不清楚。总之现在她不用为电话费的事犯愁了。

开始时电话里总是传出装修的声音，电钻、电刨，至少也是敲敲打打。后来，这些背景声通通没有了，变得异常安静，也就是说崔家装完了。在这片意味深长的寂静之中，崔伯伯并没有提让母亲搬回去住，母亲也没有因此而生气，反倒可怜起崔伯伯来。她告诉我们，崔伯伯之所以没有提让她搬回去，是因为不好意思提，说不出口。母亲在崔家的遭遇最清楚的人莫过于崔伯伯，如果他真的爱她，就不会要求她再回去。实际上母亲也的确不想回去了，在我和晓宁的轮番劝说下她已经有了自己的决定。母亲想好了该对崔伯伯怎么说，但他不主动提起这事，她也犯不着挑明。

母亲说："崔正真是一个好人，处处为我着想。"

崔伯伯又开始上门，爬八楼。自然不可能经常如此，一年中有个一两次吧，最多三次。他拼了老命往上爬，如果我在家，照例会飞奔下去迎接崔伯伯，站在下面一层台阶上又推又托。崔伯伯一身大汗地进了门，坐进母亲的房间里，母亲则去厨房里忙两个小菜，端进来放在小茶几上。二老边吃边聊，有时候还会喝点黄酒。一切又回到了当初。

下午三点多，接崔伯伯回家的"小车子"来了，我或者晓宁再架着崔伯伯下楼。届时母亲会跟到楼下，和崔伯伯道别。崔伯伯在司机的搀扶下坐进小车里，那车不免向下一沉，母亲的心大概也向下一沉。之后，小车在小巷子里调头，远去，崔伯伯的一只手还留在窗外，一挥再挥……

见面缓和了母亲的相思之苦。说来奇怪，每次见面之后，母亲给崔伯伯打电话反倒不那么频繁了，通话的时间也大为缩短，一两个小时变成了一二十分钟。后来也不是每天都打了，但隔个两三天总会打一次电话。无非是问候对方的身体，聊几句彼此知道的熟人。崔伯伯从来不说他的儿女，母亲也不问。倒是我和晓宁的情况，崔伯伯每每问起。总而言之，他俩互通电话越来越像老朋友之间的问候致意，而不像分居两处的两口子了。

这是一个自然而然的过程，我可以作证，母亲从来没有刻意调整和崔伯伯通话的频率以及方式。可能是有段时间崔伯伯身体欠佳，住进医院调养，打电话不方便。又或者母亲跟着一帮老同事去外地旅游了，没机会打电话。由于这些卡顿，打电话的规律就改变了。有时候一两个月没见母亲和崔伯伯通电话，母亲倒没什么，反倒是我和晓宁会提醒她：怎么这么长时间没给崔伯伯电话了？他也没有来电话。母亲说："哎哟，我都忘了这件事了！"

随即打电话过去，崔伯伯一切正常。他们也没有多聊，"正常就好，身体没问题就好。"母亲说，然后挂了电话。

然后有一两年，崔伯伯也没有再上门了。我们问起来，母亲说："他多大了？快八十了吧，八楼看来是爬不动了。"可不是吗，过了七十五就奔八十岁了，四舍五入，母亲说得没错。估计崔伯伯即使没有生病，体力也不允许他再爬高上低了。

有一阵"我们家"所在的这栋楼，邻居们闹着集资加装电梯，母亲积极响应，举双手赞成。但她说的是："装上电梯我上下楼就方便了，毕竟也快七十岁了，我还要在这房子里养老呢。"她说的是自己，根本就没有提崔伯伯。也许母亲也想到了，只是没有说出口，两种情况都有可能。最后，由于该方案是费用所有的住户均摊，住在三层以下的不答应了。母亲为自己的晚年计，自然愿意多出钱，可其他住高层的业主却不同意，加装电梯的事因此不了了之。

不过，这件事倒是提醒了我和晓宁，母亲目前过得逍遥自在，但总得想清楚以后的事吧。她根本的后患不是被困在没有电梯的八楼，而是崔伯伯的子女。为此，我和晓宁找到母亲，专门进行了一次严肃的谈话。

"这么多年了，你和崔伯伯的婚姻是不是有名无实？"

"是啊。这样也好，我早就想通了，他过他的，我过我的。"

"那为什么不离婚呢？"

"离婚？我这辈子也没离过婚，老都老了。再说了，离和不离还不是一样的。"

"不对，现在是没什么不同，但万一崔伯伯有个三长两短，我们问你，你去不去参加他的追悼会？"

"不去。"母亲想都没想，非常干脆地回答，"我怕看见崔广、崔桑桑。"

"不去行吗？你是崔正的遗孀，法律意义上的配偶，是他夫人。"

"这……我倒没想过，到时候可以找个借口，说我年纪大了，身体不好。"

"去不去追悼会是小事。崔伯伯的遗产你参不参加分配？"

"他有什么遗产，不就是那套房子吗？我不会要。"

"要不要是你的事，但在法律上你有一定的权利。"

"我放弃权利。"

"放弃权利也需要办手续。反正你会卷入到很多乱七八糟的事情里去的，肯定得和崔家子女打交道，他们会纠缠上你的。说不定，你连现在住的房子都保不住。"

"岂有此理！"

"所以呀，与其如此，还不如趁现在崔正还清醒，你们去办一下手续……"

"嗯嗯，嗯嗯。"母亲点头道，算是听进去了。

# 九

母亲和崔伯伯又见了一面。这次见面不是崔伯伯来我们家，他没有爬八楼，也不是母亲去了崔家。两人找了一个中间地点。这中间地点也不是宾馆。我直接说了吧，他们去了规定的民政部门，二老办理了离婚手续。我们这边是晓宁护送母亲，崔家则是崔胜搀扶着崔伯伯，办完手续后四人在路边的一家小餐馆吃了一顿便饭。大概由于子女在场，二老也没有什么特别的表现，依依惜别之类的更是没有。

崔伯伯说："这样也好，你也轻松了，我们还是老朋友。"

母亲道："本来就是老朋友。不是轻松了，而是清爽了。"

"是是是，我们的友谊万古长青！"

晓宁说，本来也没有吃饭的打算，是崔伯伯办完手续需要歇息一下再往回走，这才随便找了一个能坐的地方。那天唯一比较激烈的场面是他和崔胜抢着买单。最后，崔胜胜出，买了单。看得出来，崔伯伯因此深感安慰。母亲当然也不觉得欠了崔家什么。

回归彼此的家庭后，一度，母亲和崔伯伯的电话又有些频繁。这些电话基本上都是崔伯伯主动打过来的，母亲照接不误，但对通话时间有所控制，一般五六分钟就挂了。崔伯伯主动打三四个电话后，母亲也会打一个给对方，就像回礼。后来终于没有电话了，据说崔伯伯的身体不好，又住进了医院。再后来，听说崔伯伯出院了，但电话仍然稀疏。只是每年春节的时候，混在一堆拜年的电话里会有崔伯伯的一个电话。再再后来，过年也没有崔伯伯的电话了。原因无须解释，人老了，体力不支，或者精神不济，崔伯伯已经八十多了吧。

我们偶尔也会提及老人家，但不是议论打电话的事，而是赞扬母亲这婚离得英明。"如果前几年不办这个手续，没准现在你就得伺候老头儿了。"

"我不会去崔家的。"母亲说。

"你是不会去崔家，但他住在高干病房里，你总得去陪夜吧，端屎端尿……"

"没这回事。"母亲说，"就算我想去，崔广、崔桑桑也不会让我靠近老崔的。"

"那不一定。"我们说，"他们不想你分老头的遗产，但照顾老头却是你的义务。崔正要是死得干脆还好说，死得不干脆，拖个一年半载，他们一定会讹上你的。"

现在，谈论起崔伯伯的百年之后，母亲已经没有顾忌了。如果是以前，她一定会让我们"呸呸呸"的。

母亲突然清醒过来，说："我们不是已经离了吗？办了手续的，你们说的那种情况根本就不会出现！"

"是是是。所以说，您当初的决定很英明，太英明了。"

母亲的脸上露出那种刚刚摆脱了噩梦的表情："幸亏儿子提醒了我，要是现在还没有离，想想我都害怕啊。"


这些年，我们家也发生了一些变化。晓宁南下去深圳发展，公司经营得有模有样。他又结婚了，有了孩子，房子也越住越大。他和我嫂子计划将母亲接过去，说是照看小孩，大概也是想找个机会尽孝吧。我们家原来的老房子最终也没有加装电梯，上下八楼对年过七旬的母亲来说的确越发不方便了。就这样母亲去了深圳，尽享天伦之乐。我每年一次飞往深圳过年，和母亲、哥嫂以及小侄儿团圆。

这年，我去深圳的时候，一天无事，母亲以聊家常的口吻对我说："你知道吗，崔伯伯死了。"我大吃一惊，然后问了母亲，是什么时候的事？崔伯伯得的是什么病？她是怎么知道的，听谁说的？母亲一一作了回答，语气平淡，就像在说一个遥远的熟人。也的确，两地相隔了有一千多公里。

我盯着母亲看了半天，问她说："你难过吗？"

"难过？"母亲说，轻轻地叹了一口气。

"你没事吧，妈妈？"

一个笑容浮上了母亲苍老但仍然美丽光洁的面孔，"没有什么，都是以前的事情了。"她说。

我特别理解母亲的这个笑容。她是在安慰我，让我不必担心。也确实没有任何事是需要担心的。

一个人

## 献炸弹

外公当年是武定门小学的校长，日本鬼子轰炸南京时，一枚炸弹穿过屋顶落在了外公的办公桌上。自然是一枚哑弹，否则也不会有后面的故事了。那哑弹将房顶砸出一个大洞，卸去了下坠之力，仅仅击碎了一块玻璃板，办公桌竟然完好无损。它躺在一堆玻璃碴儿中，从屋顶的破洞处射入一束日光，打在炸弹上，犹如舞台追光一般。它就这么静静地躺在那儿，就像已经存在了很久，原本就是在那儿的。

外公端详多时，像是在看一件奇怪的艺术品。之后，伸手摸了一下，触手冰凉，这多少让他放心。外公拿起躺椅上平时睡午觉时盖的毛毯，将其对折后平铺在桌子上，再将炸弹搬移到毯子上。他小心翼翼有条不紊地将那玩意儿包裹好，带着它走出办公室。

一路畅行无阻。无论学校里还是外面的街道上都不见半个人影。大家都去躲空袭了。其二，剩下的人本已不多，很多人都已经逃难出城。武定门小学早就停课，外公之所以会出现在学校里，也是为了站好"最后一班岗"。现在，这班岗终于有了结束的可能。外公心想，将这炸弹上缴到区政府，他在南京的工作也就完成了。幸好有了这枚实实在在的炸弹，否则的话外公真不知道自己要在他的办公室里待到什么时候……

外公自然看见了空袭后的恐怖景象，因为并不是所有的炸弹都是哑弹。房倒屋塌……他甚至看见一些不该上树的东西上树了，比如一件破烂焦煳的衣服挂在树梢上，那可不是沿街的居民晾晒的衣物。然而外公并没有看见残肢断手，因此稍稍安心，就像他怀里的炸弹不是热的，是同样的一种安心。一路走来，让外公印象最深的还是安静，只听见自己钉了后掌的皮鞋走在空无一人的石子路上的咔嗒咔嗒声，极富节奏和韵律。还有一个问题始终困扰着外公，就是怀抱炸弹的姿势。如果抱在胸前，那就太像抱着一个婴儿了，但炸弹显然不是婴儿。如若将那炸弹夹在腋下，同时手肘弯曲手掌在下面托一把，这个姿势甚好，有一点像他平时夹着公事包。但炸弹也不是公事包，比公事包重多了，时间一长就得换一侧夹住。总之，无论怎么携带这枚炸弹外公都觉得别扭，一路换了很多次很多种姿势，总算到了区政府前面。

大门紧闭，人家早已经不办公了。外公非常理解，但却没有料到，这就给他出了一道难题。看着大门口的那两尊在屡次空袭中毫发无损的石头狮子，外公犯难起来。最后，他将炸弹放在了大门前面的青石条铺成台阶上，准备转身离开，转念一想，这也太像遗弃婴儿了吧？那毯子里裹着的如果真是一个婴儿倒也罢了，问题在于那是一枚炸弹。你将炸弹包裹成婴儿的形状又放在政府门前，到底想干什么？于是外公上前一步，解开了毯子，将四个角拉平，炸弹就完完全全地暴露在青天白日下了，就不会有人误会了。

外公往回程走了几步，想想还是觉得不妥。一枚炸弹即使没有伪装成婴儿，公然放在区政府门前，也还是一个问题。还是那句话，你想干什么？这区政府本来就关门打烊了，再弄一个炸弹放在此地，谁还敢由此出入？如果市民有急事需要找政府，那该如何是好？

幸好外公带了钢笔，就插在他衣服前襟上面的口袋上。他取下钢笔，拔了笔帽，开始在毯子上写清楚事由，来龙去脉。遗憾的是外公身边没有带纸，可供书写的只有那条毯子，用钢笔在毯子上写字实在难为他了。外公埋头苦干了近一小时，又描又画，将那钢笔甩了又甩，甩出墨水，最后还掺了一些唾沫，以拍电报的文体佐以文言，这才言简意赅地写清了事情的原委。外公直起腰，不无欣赏地检查一番，又看了那黄绿色的炸弹一眼，这才似有不舍地离开了。

## 温柔的土匪

逃难时母亲只有六岁，从南京到重庆一路经过了很多曲折。战乱时期，再加上他们走得晚，艰难和危险自然倍增，但在母亲的记忆里几乎没有负面内容。她只是感到新鲜，祖国的山山水水，不同的城市、码头以及风物人情。这都是因为外公外婆把她保护得很好。也不知道他们用了什么法子，母亲大部分时间都在睡觉，按她的话说，她是一路睡到重庆去的。很难想象外公会对着母亲哼唱催眠曲，可他怀抱婴儿的姿势经过怀抱炸弹的练习，定然是与众不同的。母亲已不是婴儿，却生得弱小，体重比一枚炸弹也重不了太多。外公将母亲抱在怀里，或夹在腋下（如果情况紧急），另一只手牵着外婆。母亲也曾骑过驴，有一次还睡在一名脚夫挑着的箩筐里。担子前面是他们一家的行李，后面是母亲，晃晃悠悠的就像摇篮，比普通的摇篮那是舒服太多了。母亲对摇篮没有记忆，对箩筐有记忆，就是证明。

就这样，母亲睡过了千山万水，睡过了凶险危难。"真的没什么值得一说的事？"在我的追问下，母亲回忆起一次土匪抢劫。

土匪怎么来的怎么去的，母亲完全不知道，只是，一睁开眼睛看见灯下外公穿着白色的内衣、衬衫和衬裤。这在外公是从未有过的事，即使母亲只有六岁，在她面前他从来都是穿戴整齐的。原来外公的外衣外裤被土匪扒下来抢走了。坐在床沿上的外公有点愣神，发现母亲醒了，站起来笑着说："我们遇见土匪了。"

整个过程中母亲没有听见任何动静，比如土匪踹门的声音，或者大喊"要钱不要命，要命不要钱"，翻箱倒柜、哭泣哀求的声音母亲一概没听见。大概，外公的镇定或者安静感染了土匪吧，总之这是一次悄无声息极其顺溜的抢劫，一家人的行李包括外公的一身衣服都是外公拱手相让给温柔的土匪的。他甚至将缝在衬裤里的几块大洋都贡献出来了——土匪并未发现，但外公固执己见，一定要给。既然是抢劫那就一定要抢得彻底，既然是被抢了，那也必须彻底，外公肯定就是这么想的。反正一个巴掌拍不响，完美的抢劫需要双方默契的配合。我说完美，当然是没有伤及无辜，母亲和外婆都毫发无损。甚至他们入住的那家小镇上的旅店也没遭遇任何损失。土匪大概觉得抢了外公就已经足够了，收益已大大超过了他们的预估。

好人有好报。第二天，外公碰见了也住在那家旅店里的一个老乡，他们家住在靠里面的一进，听闻土匪到来，又听见呼啸而去，由于外公的慷慨，抢劫活动并没有进一步深入。老乡一家感激不尽，于是一家的物资便两家共用了，互相结伴前往重庆。外公穿上了老乡略嫌窄小的中山装，衣服虽然不合身，但总算遮住了里面的白衬衫，外公不觉得憋屈，反倒周身舒展开来，有模有样地走来走去。顺便说一句，外公的身高大约一米七八，在那个年代应该算是高个子了。他的腰背始终挺得笔直，人又消瘦，绝对是天生的衣服架子。

终于抵达陪都，和政府接上了关系。外公被任命为歌乐山小学的校长。他找到老乡还账（一路吃用，包括那身衣服宽算后折钱），老乡自然不肯收，外公也不多说，只是一趟一趟地前往拜访。每次都会拿出手帕包裹着的几块大洋。钱是不露面的，手帕包袱被推来推去。外公锲而不舍，最后老乡只得就范。

## 礼尚往来

也有还不上的账，这点外公比谁都清楚。这里说的不是金钱，或者不是金钱所能衡量的东西。这就牵扯到外公的身世了。

外公从来没有说起过他的父母家人，只是外婆总是唠叨，说外公是"三房官一个"。"官"在这里是共有之意，意思是外公父亲有兄弟三人，但只有一人生的是儿子，也就是外公，可见宝贝。母亲说，外公读的是师范学院，因为读师范是公费的，不需要自己花钱。由此看来外公的出身又是很贫寒的。既宝贝又贫寒，宝贝，所以家里才会一直供他读到大学；贫寒，是读大学也只能去读师范。此处依稀出现了一位资助者的身影（读师范自己也得有开销）。这个资助者只能是亲戚，但却是相当富有的亲戚。

婶婶（母亲叫她婶婶）一家住在城南升州路，据说当年那一带有一条街都是他们家的，开了两爿银楼，好几家布店。逢年过节的时候外公就会去婶婶家。这位婶婶比外公要年轻，显然不是他读书时直接的资助者，而是他们的后人。大概可以这样设想：直接资助外公的是他的姑妈，姑妈嫁给了一个有钱人，发心帮助三房官一个的侄儿读书。姑妈那一代人去世后，这家人的家长就成"婶婶"了。婶婶是他们家的女儿还是儿媳我就不知道了，反正外公去升州路就是去"婶婶家"。

作为一个孩子能理清这些复杂的亲戚关系实属不易，但我要说的重点并不是这些。我要说的是每回外公去婶婶家时的情形。他总会带一些东西去，从不空手。这些东西不是大洋或者法币，也不是后来的人民币，而是水果、点心、白糖什么的。按照礼品的样式包成几包，外公就像提溜着中药似的提溜过去。去了之后，在婶婶家堂屋里的八仙桌边的一把镶嵌了螺钿的椅子上坐好，将纸包往桌子上一放。外公满脸和气，呵呵笑着，但不说话。婶婶或者婶婶家里的人问他一点什么，外公也回答，答完以后又不说话了。就这么干坐上半个小时，外公起身告辞。

他的这一习惯应该是早年遗留下来的。早年面对的想必是姑妈或者姑父，他们离世后外公面对的就是

138

婶婶了。外公同样地拘谨、恭顺，虽说婶婶只是母亲的婶婶，年龄比外公还小。开始时外公一个人独自前往，后来有了母亲他就会带着母亲，再后来母亲有了孩子，他就会带上哥哥或者我。带一个小孩到婶婶家已经成了惯例，绝不多带，也绝不多坐。外公不会在婶婶家里吃饭，哪怕带去的小孩要留下来和婶婶家的小孩一起玩耍，甚至在婶婶家过夜。外公本人必定按时告辞，将那些纸包留在八仙桌上。解放后婶婶家的房子变小了，孩子们迅速长大，外公依然如此，逢年过节必去婶婶家，提溜着东西……

外公在自己家待客也一样，从来沉默寡言。解放后外公就不再担任小学校长了，甚至也不再工作。记得有一个张爷爷，大概是外公以前的同事，隔三差五地会来家里拜望。两人在方桌边相对而坐，外公会给张爷爷沏茶、让烟，但张爷爷不吸烟，两人就这么坐上半天。张爷爷隔一阵会叽咕几句什么，外公点头微笑，满脸温和，却不说话。我从来没有看见他们下盘棋，或者炒两个小菜喝盅酒之类的，只是干坐着。"干坐"是我后来的理解，其实外公和张爷爷之间并没有任何尴尬。时间一到，张爷爷起身告辞（他也有固定的时间），外公略略欠身，做出一个准备相送的姿势，张爷爷会有一个手势，意思是"不必"。外公也不坚持，于是张爷爷便一个人出门下楼去了。外公有一个来也不迎去也不送的朋友，除了这个朋友他大概再也没有其他的朋友。

## 扫厕所和贴标语

细心的读者会发现，"我"越来越频繁地出现在小说里了。说那个炸弹的故事，因为我不在场也不可能在场，所以细节一概出自想象。讲述外公率领一家人逃难，我也只能借助母亲的视角。渐渐地，我出场了，作为主要的观察者和叙述者，责任越发重大。"文化大革命"开始的时候，我六岁，和外公一家逃难时母亲的年龄相仿，世界在我的眼前展开，更加分明和清晰……另有一点，这篇小说的目的是讲述外公的一生，写他这个人，祖孙之间虽有很多令人难忘的互动，那也只有省略……还是让我们继续。

外公喜欢扫地，笤帚、簸箕几乎从不离手。我们家住在洪武路96号的三楼上，有两个房间，厨房、厕所是和邻居共用的。每天外公就扫这两个房间以及共用的厨房、厕所。扫自己家自然没话说，扫公共空间就另当别论了。他不仅扫地面，还备了一把"干净"的笤帚在墙上扫。干净的笤帚和扫地的笤帚并无区别（除了"干净"），上面绑了一根长竹竿，以便能够到天花板和墙壁之间的犄角旮旯。外公又扫又掸（笤帚当鸡毛掸子用），还嫌不过瘾，后来三楼的走廊也被他承包了。他从三楼扫到二楼，从二楼扫到一楼，通向院子里的木头楼梯被外公扫得纤尘不染。96号大院里有一个公共厕所，被外公发现，如获至宝，从此他又开始打扫那和我们八竿子打不着从没有使用过的公厕。一开始大家认为外公是一个善良的老人，习惯于义务劳动，就算有误会，也只会认为外公是街道居委会派来的清洁工。可"文化大革命"开始，事情就没有那么简单了。"牛鬼蛇神"会被罚去扫厕所，扫厕所的都不是什么好人，邻居们看待外公的目光就变得完全不一样了。

母亲劝说外公不要再去扫厕所，外公置若罔闻。也许，他真的剥夺了某些"走资派"扫厕所的机会，因为像模像样的公共厕所在我们院里只有一个，而"走资派"却有很多。这些人人微言轻，敢怒不敢言，但敌意我们还是感觉到了，母亲认为这绝对不是一个好兆头。果不其然，别人受冲击的标志就是去扫厕所，而外公受冲击"靠边站"就是禁止他扫厕所。实际上外公也无所谓"靠边站"，1949年以后他就退休了……

我们有必要从头梳理一下，事情的经过大约是这样的：外公未经组织指派主动去扫厕所，显然心中有鬼；加上原本被派去扫厕所的人因扫不了厕所愤而举报，组织上决定调查外公。这一调查果然发现了问题，在重庆歌乐山小学担任校长期间，外公曾经"集体加入"过国民党。大概也是某种战时所需吧，总之外公稀里糊涂地就入了，入之后也就忘记了。现在作为历史问题被翻了出来，对外公的惩罚就是禁止他接近一切厕所。

"那我需要方便怎么办？"

"这我们就管不着了。弄个马桶，在家里解决？"

"那还不是需要去厕所倒掉？"

"让你女婿去倒，要不让你女儿去倒。"

从居委会回家后，外公发了非常大的火。当时我已经上小学一年级了，印象很深。忽然，没有任何征兆，外公将一只白瓷茶杯扔在地上，茶杯碎成两半，茶水泼了一地。与此同时他用脚拼命地猛跺地板，嘴巴里吼叫着："该死！该死！该死！"叫一句跺一下脚，声势十分惊人，我甚至觉得整个楼层都在跟着晃动。来得突然去得也突然，瞬间外公就停住了，木雕似的在原地静立了好几分钟。这之后外公拿来笤帚、簸箕开始收拾，完了用拖把拖了两三遍。干这活儿他绝对拿手，也让他越拖越平静。

这是我平生所见的唯一的一次外公发作。

不久之后，我父母也被打倒了，加入到"走资派"的行列，但他们没有被罚去扫厕所。父亲被隔离在五七干校挨批斗。母亲照常上班，戴罪立功。可他们单位里的革命小将上门来贴标语了，就贴在我们家门框的两侧，门头上也贴了横幅，就像贴春联过年一样。上面的字我也认不全，什么"炮轰""火烧""油煎"，加上倒过来写的我母亲的名字，名字上面还打了一个大叉叉。小将们贴罢标语，集体高举"红宝书"呼喊口号，而口号正是标语上所写的内容，之后呼啦一声扬长而去。外公并没有因此愤怒，反倒笑容可掬，他有事情做了。

那标语由于贴得仓促，难免不太平整，有的地方糨糊没有刷到，边角翘起，有的地方鼓了起来，明显下面有气泡。外公拿来糨糊瓶和扫墙的笤帚，缺糨糊的地方补糨糊，鼓凸之处用笤帚反复去扫，将空气挤出。爬高上低忙了足有两小时。最后，我们家门上的标语就变得无比平伏，外公后退一步，欣赏起自己的劳动成果。我们全家包括三楼的邻居，都后退到走廊的栏杆边上，欣赏不已，议论纷纷。这层楼还有其他走资派，门上也被贴了标语，就没有我们家贴得那么漂亮了。外公也曾想为他们把标语弄弄平，却遭到了痛斥："不承你的情，你们家先改造好了再说！历史反革命……你们家是老反革命！"

外公只好作罢。

过了一段时间，大约有半年，那些贴标语的人又上门来了。这一次带着锣鼓家伙，舞着红旗，把我们家门框上的标语撕了下来，撕完之后又开始贴新标语。新贴的标语上有"光荣""祝贺""欢送"等字样，外公当场教我识读。他不仅笑眯眯的，而且笑出了声音，嘴巴都快歪到耳朵上去了。原来，我的父母被双双解放，接下来我们全家都将光荣下放到苏北农村，革命小将前来报喜。他们没有喊口号，而是集体跳了一段忠字舞，之后又扬长而去了。

外公拿来糨糊瓶、扫墙的笤帚，外加一把铲煤灰的铲子。他将门上的标语整个儿揭了下来，因为原来的标语撕得不够彻底，新标语几乎是贴在旧标语上的，凹凸不平的问题需要从根本上解决。外公用铲子去铲旧标语，搓了抹布将门框擦拭干净，这才重新刷糨糊，小心翼翼地贴上新标语。这一次他忙了三四个小时，天都已经擦黑了。外公一身汗水，呵呵笑个不停，母亲也不好扫了外公的兴。最后实在忍不住，她对外公说："稍微弄一下就可以啦，明天我们家就下放了，不住在这里了。"

外公也不回答，继续干到了天完全黑透。


## 继续扫地


说说我们这个家。

下放时我们家是六口人，外公、外婆、父亲、母亲、哥哥和我。母亲是独女，也就是说外公外婆只有这么一个女儿，母亲没有其他姊妹。因此父亲和母亲结婚时是父亲来了母亲家，而不是母亲嫁到父亲家去的。我父亲是所谓的"上门女婿""倒插门"。这些事当年我自然弄不太明白，只知道我和哥哥从不叫外公、外婆"外公""外婆"，或者"姥爷""姥姥"，而是叫他们"爷爷""奶奶"。而我父亲的父亲、母亲，由于住在北京，我们管他们叫"北京爷爷""北京奶奶"。

在这篇小说里，为了叙述的方便，我还是将外公、外婆称作"外公""外婆"吧。

下放的地方很穷。一开始我们家住在生产队的牛屋里，不是形容，就是以前生产队养牛的"公房"，泥墙草顶。当地农民住的房子也都是泥墙草顶的，但牛屋比他们的房子还要破败很多。好在我们家三个人带薪，父亲、母亲工资照发，外公也有退休金。生产队给我们划了一大块自留地，加宅基地在内，差不多有一亩。父亲带领一家人栽树、种菜、种庄稼、养鸡，"园子"里不免生机盎然。我们家又有钱（现金），"田园生活"过得就像飞了起来。这些就先不说了。

外公比我年长整整六十岁，当年虚龄七十。这个年纪自然不便参加生产队的集体劳动，在自留地上忙活亦不合适。他的任务还是打扫除尘搞卫生，手拿笤帚、簸箕，里里外外家前屋后扫个不停。由于家里现在不是地板，也不是水泥地，而是泥地，外公每天从屋里扫出去的土有一两簸箕，倾倒在河边的菜地上。时间一长，房子里的地面就凹陷下去了，一下大雨，积水就会突破门槛渗进来，水往低处流嘛。于是父亲就需要挑土，或者指挥哥哥和我抬土，垫家里的地面。

我们垫多少外公就会扫出去多少。母亲就这一问题劝过外公很多次:"别扫啦,扫出去的土他们还会抬进来,何苦呢?"

这个道理外公也很明白,但就是控制不住自己,每天非扫地不可。好在他扫土出门的速度要远低于我们担土进门的速度,一般外公要扫两个月,我们才需要担一回土,完全是可以应付的。

除此之外,外公还负责擦煤油灯灯罩。

当地人点的灯是墨水瓶做的,只有一根绒线"灯芯",点燃后当真油灯如豆,直冒黑烟。我们家用的则是煤油灯,当地人称作"罩子灯",带一个硕大的葫芦状的玻璃灯罩,点上不免光芒四射。这样的罩子灯我们家有四盏。每天傍晚,外公就会将分散在各个房间里的罩子灯收集一处,取下玻璃灯罩开始擦拭。他用擦眼镜的绒布擦灯罩,右手食指和中指夹着那块布伸进灯罩里,左旋一下右旋一下,十分富于节奏和韵律。还会对着灯罩里面哈气,然后再擦。灯罩擦完了他再擦煤油灯的"底座"。一切就绪后外公依次点上煤油灯,这时天已经黑得差不多了,外公就这么坐在四盏煤油灯映出的光明中,歇息片刻。之后起身,将煤油灯分送到四间由向日葵秆隔出的土屋里。

村上的人家办喜事，或者队干部开会，会来我们家借煤油灯。他们管外公叫"老爹爹"，后来"罩子灯"也被他们改称"老爹的灯"了。他们时不时地会来我们家借"老爹的灯"。

知道村上的人买不起煤油灯，外公特地"赞助"了两盏灯送到队上。他想的是，如此一来村上的人用灯的时候可不就方便了？但他们还是来借。外公恍然大悟：原来他们不仅买不起灯，更买不起点灯的煤油（当地人墨水瓶做的灯用的是柴油）。于是外公又将送出去的灯拿了回来，灌满煤油、擦好灯罩、剪平灯芯，以备村上人的不时之需。因此我们家的煤油灯就从四盏变成了六盏，外公四周的光明就更加耀眼了。


## "夺钱"和收蛋


初来乍到，又是陌生的异乡，和当地人搞好关系尤其必要。父亲将此称为"联系群众"，鼓励我们家人和村上的人"打成一片"。

父亲的方式是参与到生产队的增产规划中去，每天行走在田间地头，在一个小本子上又写又画（调查研究），熬夜召集队干部探讨科学种田问题。还从南京引进了良种，从县城购买了化肥、农药，所需费用自然是我们家出的。母亲则背着一个印有十字的药箱，走家串户给村上的人治病。她并非学医出身，但有一本《赤脚医生手册》在手，村上的人平时也不吃药，完全没有抗药性，一点小病，头疼脑热拉肚子，几粒药丸下去立马见效。这些就不说了。我要说的是外公"联系群众"的方式，足不出户，而且从来被动，但却非常有效果。外公联系群众的方式简单地说，就是撒钱。

村上的人知道"老爹"好说话，隔三差五会来找外公"夺钱"，也就是借钱，他们把借钱叫作"夺钱"。

"老爹，夺一块钱给我用。"

"老爹，夺三块钱给我用。"

每次夺的钱也不会很多，这些钱自然不会还，因此说是"夺钱"也名副其实。外公有求必应，从来没有拒绝过，最多打一点折扣。比如对方夺三块只给两块。一传十十传百，来我们家夺钱的社员越来越多了。母亲自然又一次劝说外公（就像劝他不要那么勤地扫地一样），道理是明摆着的：一两个人夺钱没问题，所有的人都来夺钱我们家又不是银行。外公的道理同样不好反驳：村上的人在生产队上挣工分，平时没有任何工资收入，手上没有现金，不用说买不起点灯的煤油，就是去供销社里买盐巴也得需要钱（现金），而人不吃盐又怎么行呢？

母亲说："那我们下放以前他们是怎么解决的？"

"以前，"外公极其罕见地说了很多，"他们或者带几个鸡蛋在供销社里卖了，换点买盐的钱，或者，就等年底分粮食，看看有没有结余的工分，折一点现金。"

"还是啊，他们总有自己解决的办法。"

"但现在，他们家的鸡下了蛋都往我们家送了……"

外公说的是另一件事。那会儿我们家还没有自己养鸡，吃的鸡蛋是从村上买的，外公所付的钱远远高于供销社的收购价，于是村上的人就主动把鸡蛋送到我们家来卖了。一传十十传百，后来我们家门口就排起了长队。从我们家新起的房子一直排到园子的"桥口"（进出园子的入口），妇女、孩子们拐着篮子或者用手捧着，来我们家卖鸡蛋。自然远远超出了我们家用蛋的需求量，外公依然照收不误，连眼睛都不会眨一下的。再后来我们自己养了十几只鸡，自己家的鸡下的蛋自己吃，前来卖鸡蛋的村民仍然络绎不绝，外公仍然照收。他的意思是我和哥哥正在长身体，需要补充营养，总之这鸡蛋一直吃到要吐，今天我写这段时仍然感到恶心不已。

炒鸡蛋、蒸鸡蛋、煎鸡蛋、白煮蛋、溏心蛋、茶叶蛋、蛋花汤、蛋炒饭……我们还将大量的鸡蛋腌制了，做成咸鸡蛋、松花蛋（顺便说一句，后来不仅鸡蛋会送到我们家，鸭蛋、鹅蛋甚至麻雀蛋也都会被送来），如此一来才有利于保存，不至于变质发臭。当然，最根本的解决办法还是把这些收购来的各种蛋再拿到供销社里去卖掉，卖的价钱自然没有收的价钱高，但好歹也弥补了一部分损失。收购村民鸡蛋的钱是外公从他的退休金里出的，将收购来的鸡蛋拿到供销社里再卖掉，让外公不至于破产，买蛋和卖蛋的事业能够继续进行下去。但外公还是负债了，有时收购了村上人的鸡蛋却付不出现金，只有赊账，等待下个月他那四十几块钱的退休金发放。

回到夺钱的事。母亲的意思是，至少夺钱和收蛋不能同时并举。外公总算接受了。以后再有人向他夺钱，他便会说："你家的鸡有没有下蛋？拿几个鸡蛋来。"

直到今天我始终在想一个问题，就外公的身世看，他是起于贫寒的，如此大方或者浪费的习惯是如何养成的呢？很可能和他是"三房官一个"有关，体现了他"宝贝"的一面。否则真的没法解释。外公对钱财完全没有概念，说没有概念好像也不全对。对自己亏欠别人的，他总是耿耿于怀（见前文"礼尚往来"），而且，他的大方和浪费也不是花花公子式的，金钱和财富外公从不用于己身。除了嗜烟外公没有任何恶习，不赌不嫖不喝不抽（抽大烟），也不喜欢穿衣打扮（一年四季总是那套中山装），更不爱听个戏遛个鸟泡个澡，古董收藏什么的也和他无缘。可以说外公压根就没有个人爱好，如果扫地抹桌子擦灯罩不算爱好的话。他绝对是一个谜，一个大手大脚铺张浪费的另类之谜。

## 憋功

当地人家没有厕所。每家都是在自留地上埋一只粪缸，三面用玉米秸扎的篱笆围一圈，留一面不围，也没有门，这面一般对着村道。人在里面大解，村道上有人经过，好方便打招呼。

"吃过饭啦?"

"还没呢,你吃过啦?"

"我家也没吃。你没吃饭来我们家吃饭。"

"不了不了,我们家的饭好了。"

这样的所在自然不能算厕所,说是茅房还差不多。我们家的自留地上也埋了粪缸,但没有扎篱笆,所以说连茅房也算不上,显然不能在里面大小便。屋里就更不用说,没有下水系统可供排污,于是便使用上了马桶。在马桶里解决,然后再拎着马桶将粪水倒进外面的粪缸里。外公终于还是在家里"上厕所"了,想起他曾经因为此事大光其火,我觉得真是委屈他了。

好在现在家里(我们已经搬进新起的"安家房")的房子大,房间多,专门辟出了一间放马桶。但话又说回来,我还是很少看见外公蹲马桶。倒也不是外公拉不下面子,而是他便秘。三五天,甚至十天半个月也不见他老人家大回便。也许这便秘的毛病就是以前在南京坚持不在家上厕所给憋出来的,憋大便已成了外公的一个习惯。当然在乡下已经不需要像以前那么憋了,可习惯成自然,自然又成了一个老毛病,让外公痛苦不已。

外公要么不蹲马桶,如果蹲马桶少说也得一两个小时，甚至三四个小时。马桶的前面拉了一块布帘子，我们只能看见布帘下面他穿着解放鞋的脚，外公十趾抓地，解放鞋的鞋面都鼓凸起来。里面，外公不禁呻吟起来，他在用力。时间太长了，母亲就会对我或者哥哥说："去看看爷爷。"我们撩开布帘，只见外公脸涨得通红以至于发紫，眼珠子都要爆出来了，模样十分吓人。也许外公的这副狰狞的表情是故意的，是想吓走哥哥和我。如果外公的大便空咚一声落进马桶里（当然不可能有声音，这里拟声表示此事非常重大），则绝对是一个喜讯，全家人于是奔走相告，当然是在这四间房子八分自留地的范围内。

"爷爷大便了！"

"爸爸大便了！"

"老头子今天大便了！"

萦绕在家里近一个月的压抑气氛一扫而光。外公自布帘后面走出，不免容光焕发，年轻了很多，整一整他的中山装，我仿佛又看见了当年他当小学校长时的派头。

外公当小学校长时的样子我自然没有见过，但想象过，就和现在是一个模样吧。总之外公一身轻松，整个人都舒展开了。

但事情不可能总是这么"圆满"，如果超过一个月外公通过自己的努力解决不了问题，那就得借助外力。因此我们家果导、甘油锭、开塞露以及灌肠器是常备的。果导和甘油锭还好办，外公可以自己服用和操作，使用开塞露或者灌肠就必须有人帮助了。届时外公脱下裤子，趴卧在床上任人"宰割"。外婆是家庭妇女，对药物器械之类的玩意儿天生畏惧，剩下能帮助外公的人在我们看来最合适的就是父亲了。但父亲是外公的女婿，在外公看来他最不合适，他宁愿求助母亲也不愿麻烦父亲。但母亲毕竟是女人，除非万不得已……总之这一艰巨而光荣的任务最后就落在了哥哥和我身上，母亲则在另一间房子里给予必要的指导（我们家房间的隔墙上面未砌）。很顺利地帮外公灌完肠，他还得在床上趴一会儿，母亲的声音这时传了过来：

　　"给爷爷盖上被子，不要让他着凉了。"

　　凡此种种不便，外公是能不让人帮忙就不让人帮忙，于是他就憋着，当真是憋功了得。母亲劝说过他很多次，说憋着对身体不好，本来没病也会憋出毛病，灌肠实在是非常方便的。外公置若罔闻，除了使劲憋着，他还能用什么方法维持必要的自尊呢？虽说这自尊在自己家人看来十分莫名其妙。

## 肖像及背景

也许由于便秘怕拉不出来，外公的饭量始终很小。他从来没有发福过，年纪大了以后体重仍然不增不减。身形高瘦，腰背笔直，外公的个子在我们家是最高的。挺拔的外公就是天生的衣服架子（前文说过），这衣服架子上始终套着一件中山装。也不是什么好料子——当年外公当小学校长时有过呢子制服，已经成为传说，是暗中处理掉了，还是压在箱子底下我就不知道了。反正他现在穿的也就是普通的蓝咔叽布做的中山装，并且已经很旧了，经过多次洗涤褪色严重。但再家常的衣服到了外公身上都像制服或者礼服一样，扣子扣得一个不落，包括领口的"风纪扣"。那风纪扣紧锁着外公肌肉松弛的喉咙，哪怕再热的天气也不解开。再冷的天气，穿上棉袄了，外面罩的也是那件中山装。如此一来中山装就不可能那么平伏，外公身上鼓鼓囊囊的。在见南一队（我们家下放的生产队），外公养成了袖手的习惯，他就这么双手互揣，藏在袖管里，缺了牙齿的嘴上叼着香烟。那烟灰越来越长，终于掉落下来，中山装上便落了一些雪花似的烟灰。这大概是外公最落魄的形象吧。即便如此他仍然气度不凡，甚至，更有气质了。

外公花白后来全白的头发向后梳着，一丝不乱。头发虽然白了，但他不掉头发，也就是说头不秃，发量既不稀少也不过分。再加上瘦长的脸型、周正的五官，怎么看外公都像一个大人物。对了，外公戴一副圆形的黑框眼镜，那眼镜并非是老花镜，而是近视眼镜，但度数不高，镜片并不呈现出厚厚的瓶底状，里面外公的老眼分明。外公看上去倒也不像一个当官的或者位高权重，要说像什么人就像一个大学问家。奇怪的是，这样一个"大学问家"，从小到大我从没见他写过一个字（除了记账）。看书，也是随手抓过一本翻看，就像看报纸一样。外公平时手上总是攥着一张报纸，翻过来掉过去地打量。就是"打量"这个词，而非认真"阅读"。这大约算是外公的悠闲时光吧。

他从不关心国家大事，至少我从没听过外公有这些方面的议论。实际上，外公任何方面的议论都很少。他很少说话，生性沉默寡言，却一点也不会让人感到压抑或者沉重。外公的表情总是温和的，牙齿缺了以后农村又没地方看牙，张着一张牙口不全的嘴，感觉上他一直乐呵呵的。他不关心大事情，但似乎对家庭生活很热衷，"热衷"一词好像有点过了，实际上外公只是"恪尽职守"。每天外公除了扫地、擦灯罩，就是坐在"锅屋"里的煤炉边上的一把椅子上。其实自从我们家用了烧柴草的"大灶"以后，从南京带来的煤炉就用不上了，但外公还是会照常生煤炉，他要在上面烧开水。水烧开后他就灌热水瓶，六七只热水瓶，有铁壳的、竹壳的、塑料壳的，在锅屋的桌子上放了一长溜。我们家的开水自然供大于求，于是外公每次灌开水的时候都要将热水瓶里原有的开水倒掉，倒完还得把热水瓶提起来，瓶口朝下，将里面残留的水沥净。外公的理论是，里面的开水已经不热了，他称之为"凉水"，"凉水"会像种子一样，使刚灌进去的现开的"滚水"受到传染很快凉掉。这番操作以后外公才会将开水灌进热水瓶里。

他就这么坐在煤炉边上，烧开水、倒"凉水"，再灌进滚开水，乐此不疲。顺序还不能乱，所有的热水瓶都是按灌开水的不同时间依次排列的。热水瓶的队伍不断向前移动，最后灌的热水瓶总是排在最后面的。

等待水开的时间里外公也不闲着，他开始擦铁锅、钢精锅、砂锅以及各种锅盖。尤其是钢精锅是外公工作的重点，外公动用了去污粉、洗衣粉、煤灰、稻草、泥巴，甚至埋藏在泥巴里的当地特有的沙礓，使用抹布、丝瓜瓤、锅铲、菜刀、勺子、起子以至于镊子等工具，刮擦不止。我们家所有锅以及脸盆都被擦拭得锃光发亮，虽说表面仍然凹凸不平。他还嫌不过瘾，将冬天才能用上的铜汤壶也找来擦了一遍，铜汤壶擦得跟铜镜似的能照见人影。只有进九以后这些铜汤壶才会被灌入开水，而灌开水时外公从来都是从热水瓶里倒的，不会直接从开水壶里倒。他预备的开水终于有了个去处。汤壶用专门装汤壶的布袋装上，束紧口上的带子再打一个活结，外公将其分送到每张床上的被窝里。自然冬天以外的季节外公并不需要如此，但他仍然有很多事情要做，比如捣鼓家里人晚上起夜用的痰盂。这样的痰盂我们家共有两只，一只是他和外婆用的，一只是我父母用的。外公照例将痰盂擦得锃亮，还得去除里面的尿碱。他去除痰盂里尿碱的方式和去除烧开水的壶的水碱的方式是一样的，这方面外公一向善于"举一反三"。我和哥哥人小，因此尿量也小，起夜时并不需要痰盂，一只吃水果罐头剩下的玻璃瓶也就足够了。哥俩分别有一只那样的玻璃瓶，由外公每天洗净、晾干后放入我们的床下，夜里伸手一摸就能摸到，使用起来便捷至极。早晨起床后外公去各个房间里收集痰盂和玻璃瓶，将尿液悉数倒入马桶中，再将马桶提到外面倒进埋在地里的粪缸里。父亲领着哥哥和我生产劳动，将粪缸里的粪水舀起担入自留地上的菜地或者玉米地。粪水泼洒开去，按诗人朱庆和的话说，洋溢着一股"谦和的臭味"，而我却看见了一小段隐约的彩虹。但还是老话说得中肯：肥水不流外人田嘛。

　　总结一下。外公擦汤壶就像他擦钢精锅，去除尿碱就像他去除水碱。他擦尿瓶的程序和方式自然和他擦拭煤油灯罩是一模一样的，因为都是玻璃制品。夹一块布伸进瓶口，左旋右旋，对着里面哈气，擦拭完毕小心翼翼地拿起，对着亮光看了又看。虽说我们起夜用的尿瓶不会自己发光，可外公没有分别的用心是同样的，光明而敞亮。

　　顺便说一句，我们家的马桶也是外公负责刷的。他每天都会来到小河边上刷马桶，手持一把马桶刷左旋右转。见南一队相对富裕的人家也有马桶，但倒马桶刷马桶的活儿一概都是妇女干，"老爹"刷马桶太不可思议了，不免引起了围观。村上的人站在小河对岸指指点点，外公完全无感，时间一长也就见怪不怪了。可见外公的自尊以及禁忌有他自己的逻辑，别说是当地人，就是我们也不能完全了解。当然，外公刷出来的马桶绝对干净，毫无异味，这一点所有的人都是有共识的。按村上人的说法，老爹的马桶放在墙根底下让太阳晒晒干，用来装粮食都"不碍事"。

## 守望

现在我们知道了，外公的生活重心是家庭，他的全部心思都用在了家庭琐事上。为家人服务，不计荣辱。虽说他嘴上没有过这方面的表达，但用实际行动告诉我们，他就是这么一个人，胸无大志，也不放眼全球，一心只是扑在家里人身上。后来我长大了，有了一些知识，知道外公患有某种程度的强迫症，但那也是一种爱家人的强迫。从爱家人开始进而扩展到爱家人以外的人，甚至于动物，具体来说就是我们家养的小白，一条土狗。当然了，小白也是我们家的家庭成员。

外公有守候的习惯。哥哥去邻近的大队上中学，我去邻村上小学，每天放学，外公都会站在村道边守候。父母去生产队的大田里劳动，收工之际外公也会守，更不用说家里人去十里外的公社赶集，或者去二十里外的县城办事。掐好时间，估摸着我们差不多就要归来，外公便踏上了征程。

他先是站在我们家园子的桥口上，不由自主地挪动脚步，走完整条村道后，继而上了严妈河堤。那严妈河相对而言是一条大河（灌溉渠），有三四十米宽，主要是河堤临高，站上去可以俯瞰一望无际的田野、村庄（我们家下放的地方地处平原）。外公身后跟着小白，外公走它也走，外公停它也停。有时候外公没有走，小白突然启动径自跑到前面去，说明外公守候的人已经出现了。暮色苍茫中外公看不清楚，但狗眼尖，率先看见了家人的身影。所以说小白是外公的好帮手，是他派出去的不可或缺的"侦察兵"。

迎完一个人，比如放学的我，外公并不转身，和我一起回家，而是继续站在原地，等待下一个。直到等来我们家最后一个回家的人，他这才调转方向，但也不会和那人一道走。外公有他自己的速度和节奏，慢慢地在后面尾随我们。他似乎羞于承认自己的行为是守候或者迎候，表现得就像是一次兴之所至的散步，遭遇我们只是某种偶然。外公温和地一笑，点点头，算是打了个招呼。之后，他或许继续站在河堤上，或许远远地落在后面，"赶着"我们向我们家的房子一路而去。小白则在二者之间（外公和他迎到的人之间）来回奔跑，兴奋得不行⋯⋯

外公的这种守候、守望，准确地说应该叫作"迎候"，完全是动态的。虽说外公走走停停，总体趋势却一直在向前进，向着家人必然会出现的那个方向，或者他们前往的那个地点。外公连守带看，连看带走，不知不觉离目标（目的地？）越来越近。有时候会非常夸张，比如我放学走出学校，抬头一看，外公已经站在桥口的路边上了（邻村的小学也在一个园子里）。或者母亲去黄集赶集，十里地外公能迎出去五六里，一半路都走过了。

母亲劝外公说："你迎不迎都是一样的，我们都会到家，何必呢？"

外公不答。母亲又说："你年纪大了，在路上摔个跟头怎么办啊。"

外公突然冒出来一句："我也想去集上看看。"说罢，辞别母亲继续向黄集方向走去。母亲在他后面打着车铃喊："爸，爸！都什么时间了，赶集的人早散啦！"

后来，外公守候的任务骤然减轻了。

前文说过，父亲为和村上的人打成一片，领着他们科学种田，调查研究、开会讨论，忙得不亦乐乎。这事不知怎么地被反映到上面，组织上下来人了，调查的结论是父亲不老老实实地接受贫下中农再教育，竟然企图篡夺基层领导权。父亲的党籍因此被开除，自此以后父亲就不再去生产队上了，出工劳动也不参加。他足不出我们家的园子，所有的精力都花在了侍弄自己家的自留地上，所以外公就不必去守候他了。哥哥去县城中学读高中，住在学校里，除了周六返家的日子，外公也不需要去守。仍然需要守候的人只剩下我和母亲。我每天上学，母亲隔三差五地骑车去黄集（公社所在地），给"北京爷爷"寄信、拿报纸以及采购一些日用品。

一天一个队干部来我们家捎信，说公社邮局里有我们家的包裹，让母亲去取。母亲骑上她那辆二八女式飞鸽牌自行车（从南京带下乡的）就出发了。下午四点过，外公前往迎候。他走走停停，竟然走到了黄集，看见公社邮局的大瓦房了。大门紧闭，外公叩之不应，当时天已经黑了。无奈之下外公退至黄集街的进口，站在一棵大树下面向着街内守望。黄集就这么一条小街，外公没有深入进去是怕错过母亲。这会儿黄集街上早已空无一人，只有保护领地的几条野狗冲外公身后的小白发出威胁性的吠叫声……

最后，外公还是往回走了。不过他走得很慢，比去黄集的时候慢了很多。外公大概是这么想的，母亲是骑车的，速度显然要快于自己，走得越慢就越有可能"碰见"母亲，就是说被她从后面赶上。外公虽然是往回走，但整个的知觉都集中在后背上，就像后脑勺上长了眼睛似的。在我看来，这仍然是"迎候"母亲，只不过采取了某种背身的姿势。外公的脚步向前，实际上是在"后退"，即便如此他也没有等到母亲。

外公的姿势非常危险。年事已高、道路不平是其一；其二，对眼前的事物外公视而不见，懵懵懂懂地向前迈步（他的注意力只在身后的响动上）。那是一个月明之夜，月光照得四下里明晃晃的，沙礓公路两边的小河更是明亮，外公差点没把一条月下的小河当成柏油马路，一脚踩进河水里。猛然醒悟，他告诉自己，这里不是南京……好在由于速度极慢，外公总算没有摔跤。快到家的时候已是深更半夜，父亲带着我正从外公对面的方向走过来。小白一阵吠叫后，外公几乎是跌进了父亲的怀抱里——我从边上也扶了一把。这一次，外公没有表示他只是去散步遛弯，劈头就问：

"李华回家了吗？"

李华是母亲的名字，她没有回家，父亲领着我是专门去迎外公而非母亲的。"回家再说吧。"父亲道。

"李华回家了吗？"外公又问。父亲无奈，这才说，"她今天不回来了。"

外公就像没有听见，又问了一遍："她没有回家？"

"没回家。"

父亲话音未落，外公就挣扎着想扭转行走的方向，意思是要返回黄集，去迎尚未归来的母亲。父亲和我把他抓住了。

那是母亲因"五一六"问题被隔离审查的第一天，她其实是被骗到黄集去的，邮局里压根就没有我们家的包裹。捎信的队干部受命将母亲诓骗到公社革委会自投罗网，南京下来的专案组早就在那儿等着了。快吃晚饭的时候，队干部大概觉得良心不安，自动跑到我们家报信，说明原委。父亲在灯下思考，挨到九点多钟，这才让外婆看家，领着我去寻找外公了（哥哥当时在县城的中学）。

父亲并没想过去公社革委会问个清楚。一来，革委会肯定下班了；二来，父亲本身的问题尚未解决，贸然前往万一也被扣下，家里还有老人、孩子如何是好？他不管我懂不懂，一再对我说："要相信组织相信党，你妈妈是清白的，误会总会得到澄清。"其实我很懂。外公更是一个懂道理守规矩的人，当弄清楚事情的来龙去脉，便在父亲和我的搀扶下乖乖地回家了。

"要相信组织相信党，误会总会得到澄清的。"父亲对外公说。

外公叹了一口气，没作任何回答。

## 守望（二）

从此以后，家里需要守候的人只剩下我一个，但外公也不去迎我了。最多，我放学归来时他会站在我们家园子的桥口边，是我们家园子的桥口，而不是我们学校园子的桥口。这是守候而非迎候，二者是有区别的。外公不再有散步的心情，但也有可能是因为某种迷信，外公或许会想：越是去迎接，被迎的人越是不会出现。还有一种可能，那天晚上去迎母亲外公走了太多的路，身体消耗太大，他已经没有迎候的体力了。

二十几天后，眼看就要过年了，针对母亲的审查才告一段落。也是那个队干部来送的信，说明天下午母亲就会"来家"。第二天一大早起床，外公显得心神不宁，他照例收集了痰盂、玻璃瓶，将夜尿倒入马桶，去小河边上的"码头"上刷马桶。之后生煤炉烧开水，烧开水的间隙擦钢精锅，喂鸡、喂狗……干这些的时候他不免心不在焉，比如灌热水瓶的时候忘了去沥热水瓶里的残水。中午时分，他就开始灌汤壶，并将灌好后的汤壶分送到每张床上的被窝里。之后将煤油灯收罗一处，开始擦，擦完后点上。当时我们家的五间房子被冬天的阳光照得正亮堂，点灯完全多此一举。外公大概想把一天的活集中到上午干完吧，因此才失去了往常的那种镇定、有条不紊。

吃罢午饭，他也没有坐在煤炉边上的椅子上手里捏着报纸脑袋下垂"迷糊"一会儿，就领着吃饱喝足的小白出门了。谁都知道，他这是要去迎候母亲。外公终于又一次走出了我们家园子的桥口，并从桥口出发走完了整条村道，来到了严妈河堤上。但外公并没有进一步往黄集方向而去。就像上面说的，他可能因为体力不支，也可能因为上次去迎母亲留下了心理创伤——迎出去越远就越是迎不到那个要迎的人。总之外公上了严妈河堤就不再向前走，像根树桩子那样杵在那儿，时间之长，连小白都不耐烦了。它跑回我们家的园子里几次，转几圈，在我们身边绕一下，再跑回河堤上。有一次竟然真的把外公当成一棵树了，小白抬起后腿对着那棵树滋尿。外公往边上让了一下，小白反应过来，及时收住，狗尿才没有滋到外公的裤腿上。这个小插曲是外公后来当成笑话说的。外公居然说了一个笑话，这是从来没有过的事，可见外公那天有多么高兴，简直已经失态了。

因为放寒假了，我没有去上学。父亲交给我的任务，就是一次次地跑到严妈河堤上看外公，然后向他汇报。他无法劝阻外公，但很担心他，父亲说："站着比走路更需要体力，爷爷站不住的话你就扶他一把。"

我向父亲报告："爷爷还站在那，他不要我扶。"

一小时候后又回来报告："他还站在那。"

如是反复几次，直到黄昏降临。小白就是这么一趟趟地跟着我跑回家的，然后又跑回去。见南一队收工的人议论纷纷，所有的人都知道母亲今天"放出来"了，老爹这是在"望"李华。"他闺女今天来家。"外公守候的习惯再也无法掩饰，推脱为一次散步，至此昭然于见南。我觉得外公已经不在乎了。

天擦黑的时候母亲终于回来了。当时，看热闹的村民已经回家，村上草房顶上的烟囱里冒出炊烟和火星，严妈河堤上只剩下一人一狗，外公眼望黄集方向，下巴颏抬起，花白的胡茬箭头一样指向前方。先是小白跃起，向前面的昏黑中奔去，之后，一片苍茫里传来了清脆的自行车的铃铛声。晚霞已经消退，西天依然很亮，河堤上灌木丛的阴影里出现了母亲推车的身影。外公终于等到了。

　　他像平时那样点点头。母亲扶着自行车停下，想说点什么，外公示意她先走。之后外公又在河堤上站了一会儿，这才转身，慢慢地向我们家的房子走去。一切又回到了以前，外公只是散步，以散步的悠闲和节奏尾随着母亲。

　　外公最后一个到家。进屋时家里的六盏煤油灯点得烁亮，映出他高瘦挺拔的身影。外婆发现外公的衣服上沾满了雪白的烟灰，伸出手去掸。这一掸不要紧，外婆叫了起来："还真是雪啊，下雪了！"

　　全家人都举头向堂屋门外看去，只见漆黑的背景下无数的雪花在煤油灯灿黄的光线里狂飞乱舞。

# 星河

　　乡下最好的季节是夏天，至少在孩子的心目中如此。放暑假了，不用再去上学，尤其是晚上，可以长时间地躺在家门口的竹床上乘凉。这里地处平原，再热的天气也会有风，加上夜凉如水……太阳还没有落山，晚霞满天的时候就开始准备，在门前的泥地上泼水，将老竹床从屋里搬出来。先是一家人绕那竹床而坐，把它当成饭桌在上面吃饭，吃的是绿豆稀饭、自己家腌制的各种蛋，自然还有诸多菜肴，大多也是自己家的园子里出产的。饭后，将碗盏瓢盆收拾进锅屋，用井水将竹床擦拭三遍以上，上面就可以躺人了。重点是那竹床，据说还是抗战胜利后外公从重庆带回南京的，又从南京带到了见南。由于几代人的皮肉摩擦，表面已是深红一片，红得发紫。夜幕降临以后你并看不见竹床床面的颜色，但只要往上面一躺，就体会出它的不同凡响来了，光滑清凉不必说。这张竹床一般由我和哥哥占据，父亲、母亲各有他们的藤椅。外婆则坐在一把吱嘎乱响的竹椅上。唯有外公从来不坐，他始终站着，是站着乘凉的。

　　当我们一家放平了，降低了高度，原本就高的外公更是可以"俯瞰"我们。他就像一只牧羊犬一样，把我们圈定在一个范围内，保持在他的视线里，这样他就放心了。他绕着我们来回走动，还好，幅度和频率都不大，不易察觉，因此也不会引起我们的烦躁。外公只是一会儿会换一个地方站。有时外公不见了，肯定就是去园子的别处巡视了。

我们家的园子，连宅基地在内大概有一亩，四周小河环绕，只有一个桥口通往村道。园子本身却不在村子里，离开村子主体大约两百来米，可谓单门独户，不免世外桃源。外公绕河而走，一般会走上两到三圈，再回到房子前面。一次，外公在屋后的玉米地里看见了一个白衣人，他向那个白影走过去。外公走影子也走，一直走到了河边上。河边相对开阔，光线明亮了不少，但并没有白衣人或者别的什么人。外公说他似乎听见了落水的声音。事情就是这样的。

外婆一口咬定，外公碰见了落水鬼。相信唯物主义的父亲、母亲自然嗤之以鼻，坚决不信。他们让外公再说具体一些，外公笑笑，就什么都不说了。再后来，我们家菜地上种的冬瓜被人偷了，估算了一下，被偷的冬瓜加起来有两百多斤。外婆就不说水鬼了，只说家里进了贼。两件事虽然都发生在夏夜里，但并不是同一年的夏天，二者相距可能有一两年。有一年外公碰见了白衣人，另一年大致相同的时间我们家的冬瓜被偷了。外婆硬是要把两件事放在一起，说成一个穿了白衣服的贼偷了我们家的冬瓜，然后跳进河里游走了。

除了我很不服气，我们家没有人和外婆争辩。相反，父母为我们家冬瓜被偷的事似乎非常高兴。我们家的冬瓜被偷了，而且是两百多斤，只能说明我们家的园子出产丰富，值得一偷。对外公巡视园子的活动，他们不再劝阻。不再说："爸爸，你休息一下吧，黑咕隆咚的，河边太危险了。"

父亲特地用斧头和柴刀加工了一根树棍，让我塞给外公。再加上有小白跟随，我们家的园子也就这么大，万一有什么情况也来得及救援。外公的巡视于是便"合法"化了。

但外公的目的不是看守财物，而是看守人。我们家的人都待在园子里，所以外公才会巡视园子的。更多的时候，他也不巡视园子，就这么站着，看着我们乘凉。三伏天气，虽说乡下的夏夜清凉，但也不至于穿得那么整齐不是？外公仍然穿着中山装，长衣长裤，风纪扣一直扣到喉咙口。由于里面没有棉衣和衬衣，夜风自袖管裤筒里自由出入，看上去外公更像一个衣服架子了。他就这么如猎猎旗帜一般地站着，不对，如旗杆一般地站着，呈现出一个清晰的剪影。四下里一片漆黑，我平躺在竹床上，眼望上方浩瀚的星空银河。父亲正指指点点，将他有限的天文知识传授给我。

"那是牛郎，银河那边是织女……那儿是北斗七星。把那几颗很亮的星星连起来看，像不像一把勺子啊？……"

当时我的眼睛已经近视，但没有戴眼镜，因此星河如一片光亮的雾气一般铺展在我的眼前、上面。星河看累了，我想休息一下，蓦然瞥见边上的外公，看见他高瘦的侧影。外公张着一张因年老而肌肉松弛的嘴，缺了门牙的凹陷处正在翕动。一呼一吸，一呼一吸……在我幻觉中那灿烂如雾的星河仿佛出自他老年的口腔。越是这么看这么想，我就越是觉得是这么回事。外公呼吸星空的壮景就这么留在了我心里。

## 看电视

我们家在见南一队生活了四年，后来搬到了黄集（公社），再后来搬到了县城。我是从县城中学考入外地大学的。我上大学以后，我们家也从下放的苏北落实政策回了南京，这期间发生了一件事，就是我父亲因病去世了。父亲去世时五十岁不到，我刚满十八，到了法定的成年年纪，就好像因此父亲才放心地走了……因为这篇小说是写外公的，这些就不说了。

我们家没有搬回洪武路96号，房子早就分配给了别人。考虑到我们家的具体情况，组织上分了一套更大的公寓房给父亲。那房子父亲甚至没来得及看上一眼，就溘然而逝……我也没有见过那房子，寒假回家来到一栋陌生的楼前，敲门进屋。当然，里面的人我再熟悉不过，只是父亲已经被高挂在墙上了，镜框是黑色的，丝绸做的白花还没有取掉。父亲透过明亮的玻璃对我微微而笑，很欣慰的样子……

哥哥也从外地回来了，他也考进了大学，但和我不在同一个城市。年三十晚上，一家人围坐在一起看春节联欢晚会——这还不是后来成为中国人划时代新民俗的"春晚"，可算作春晚的前身：电视直播一伙电影界和相声界演员联欢。我们家的电视很小，十四吋黑白索尼，即使是这样的电视也不是家家都有，还是母亲准备迎接父亲病愈后回家咬牙买下的。早早吃罢年夜饭，收拾掉碗筷，就像看电影那样熄灭了房子里所有的灯，黑白光影在我们的脸上晃动。每个人都伸长了脖子，瞪大眼睛，动不动就笑成了一朵花。那会儿大家的笑点都很低，情绪起伏与节奏和电视里表演的人完全一致。外公也不例外，他没有独自站着，或是到处巡视，厚实的墙壁正包裹着一家人呢。而且，看电视以前他已经检查了门户，关门锁窗，拉上了窗帘。

总之外公看得很投入，以至于都有点忘乎所以。大概因为老眼昏花了，他尽量凑近电视，张着一张缺了牙齿的嘴一直在呵呵而笑。这时，我们听见外婆说了一句话，"看看你爸哦，人恨不得都要钻进去了！"

这话她是对母亲说的，但我们都听见了。外公是否听见了，我不得而知。但外公似乎收敛了一些，不再凑得那么近了。过了一会儿，由于表演实在"精彩"，他不知不觉又恢复到刚才的姿势。"哈哈哈哈。"外公竟然笑出了声音。

"老都老了，连脸都不要了。"外婆说，"你要管管你爸爸……"

反正外公看电视，外婆看的一直是他。一开始母亲大概认为不搭理外婆，这件事就可以糊弄过去。但母亲越是不理外婆，外婆就越生气，从气外公看电视到气母亲不管外公，任凭他胡作非为……最后母亲无奈，只好说："妈，你这是干吗呀，爸爸难得高兴一次。"

"你要管管他！"

如此一来就把事情挑明了。外婆不是不满外公看电视，而是不满他看电视里的女人。既然是电影界的联欢，自然女演员众多；既然是女演员，自然个个美若天仙。她们的穿着也谈不上暴露（时代所限），但至少也是"花枝招展"的……当我醒悟到这一层再去看外公，他人已经不见了。外公去了厨房，坐在椅子上烧开水（等水烧开），然后将开水灌进热水瓶和汤壶。

外婆一方面得了老年性痴呆症——据母亲说她怀疑外公正是这个原因，一方面语言能力却变得尤其发达，有话从不直说。外婆不说外公对女演员垂涎三尺，只说他看电视"人恨不得都要钻进去了"，而且她不直接对外公说，一定要通过第三者，也就是母亲："你要管管你爸爸。"

母亲向我和哥哥抱怨："奶奶老年性痴呆已经有一段时间了。"也就是说她无端怀疑外公有段时间了。一次外婆竟然交代母亲道："把你的钱包放放好，不要让你爸找到。"母亲莫名其妙，问她是什么意思，外婆说："你爸会把钱给那些坏女人。"

更可怕的是，外婆找母亲说这些的时候，外公就在场，她不是私下里悄悄对母亲说的，而是当着外公的面。很可能外婆就是要当着外公的面，她就是要说给外公听的，如果外公不在她十有八九就不说了。外婆把"转弯抹角""指桑骂槐""声东击西"发挥到了一个新的境界。我和哥哥很关心外公的反应，他老人家肯定气坏了吧？母亲说，外公毫无反应，依然抄着双手，腰背挺得笔直，异常镇定地站在房间里，听着母女俩在谈论有关自己的事，就像她们说的是另一个人。

"你想到哪里去了？"母亲说，"爸爸是一个什么样的人你不知道吗？"

"把你的钱放放好，不要让你爸看见……"

"爸爸"是另一个人，"你爸"也是另一个人。外公完全听而不闻，置身事外，最多他会独自走开，拿上笤帚、簸箕去扫外面单元的楼梯了。


## 外婆


外婆是我们家唯一没有读过书的人，当年她嫁给外公自然是媒妁之言。这也证明了外公出身贫寒，娶了一个不识字的女人。但外婆并非是典型的传统妇女，和吃苦耐劳、勤俭持家基本不沾边。外婆一向喜欢使"小性儿"，这大概也是外公"惯"的。最让外婆得意的事，是他们逃难到重庆期间，她管过一阵子学校的伙食团，每天外婆会领着学校里的伙计去菜场买菜。外婆不认识字，但十六两一斤的秤杆还是认得的。说起那会儿，外婆不免眉飞色舞。"小阳伞，红皮鞋，走在青石板的路上咔嗒咔嗒的，所有的人都叫我'校长太太'……"从小我就听外婆这么说，说了十几年，眼前不禁会浮现出一幅画面：外婆的五短身材上裹着一件旗袍，肩扛一把油纸伞，脚踩高跟红皮鞋，领着或者跟着一个在厨房里干杂活的当地人，招摇过市。有这么去买菜的吗？但无论如何，这是外婆人生的高光时刻。

外公和外婆之间很少有交流。外婆越是人老话就越多，韶得厉害，外公哼哼两声，表示听见了，最多也就如此了。外公从不会主动找外婆说什么，哪怕是家庭琐事。当然，这绝非是外公针对外婆的冷暴力，外公天生寡言，对谁都一样。自然两人话不投机也是肯定的。我的意思是，即使外公不说话，你也能感觉到他对外婆唠叨的内容没有兴趣，甚至会引起一定程度不易察觉的烦躁。正因为这样他才会整天扫个不停，或者去擦钢精锅的。

然而外公、外婆始终都睡在一张床上。

下放以前在洪武路，他们睡在一张大床上。下放后到了泥墙草顶的土房子里，他们还是睡在一张大床上。后来搬回南京入住新居，他们仍然睡在一张大床上。甚至床也还是那张床，木框上绷着棕绷。床已老旧，棕绷松弛，兜着老两口，他俩越挨越近，但再近也是两个被筒。自然是睡在一头的。只要一躺下，外公的姿势就保持不变，笔直地仰卧着，脑袋歪向床的外侧（背对外婆那面）。后来我总算明白了，睡在一起是一种习惯，也是规矩，并不表示他们相亲相爱。如果不睡在同一张床上，估计外公、外婆都会睡不着觉。

外公这辈子只有外婆这一个女人，外婆这辈子肯定也只有外公这一个男人，因为自从结婚后，他们就从来没有分床睡过。由此一来（我的思路更深入一步），睡在一张床上就不仅是习惯或者规矩了，不仅是可有可无的"仪式"，而是——怎么说呢，那是一种命运，对外公来说，则是一种命运的惩罚。

# 杖朝之年

寒假结束,我和哥哥返回了各自的学校。后来发生的事我们是听母亲转述的。

一天早上,外公外婆的房间里发出激烈的争吵声,母亲赶紧披衣下床,奔了过去。推门进去后母亲看见了如下景象:昏暗之中,外公坐在床上,一面叫喊一面正在捶打外婆:"该死!该死!该死!"——这不禁让我想起"文革"期间外公从居委会归来的那一幕。外婆将头埋在被子里,根本看不见她人,实际上外公只是在捶打被子。

因为听见了声音,知道母亲进来了,外婆这才撩开被头,喊道:"杀人啦,你爸爸杀人啦!"喊完之后又迅速地拉上被子。这边外公继续喊"该死",同时噗噗地捶打不已,那头外婆时不时地撩开一下被子,喊上一句"杀人",两个人就像在做游戏一样。母亲又气又恨,说道:"你们能不能不要闹了,还嫌我们家的事情不够多啊?"仿佛是在教训两个不懂事的小孩。

她没有分辨是非曲直,腔调里不无厌烦,不过却有奇效,外公突然就不打了,也不再喊"该死",只是坐在床上喘息。外公边喘气边发出一种奇怪的声音,母亲反应过来，那是外公在哭。母亲不知如何是好，就带上房间门回了隔壁自己的房间。这之后就只剩下了外婆一个人的声音，她肯定已经完全从被子里出来了。"砍千刀的，脸比城墙拐弯还厚……母狗还没翘尾巴，你就往上扑啊……"骂不绝口。

母亲没有再次推门进去制止，因为不知道如何制止。好在外婆的谩骂声隔着两道门传过来，远没有外公"该死！该死！"那样的声势。

再后来发生的事，母亲也不在场，我只能凭借对外公的了解加以想象。

在外婆的咒骂声中，外公开始穿衣服。一件一件地全穿好了，低下头系上了解放鞋的鞋带，扣上中山装的风纪扣，这才打开了床头柜。在床头柜其中一格的最里面，放有杀灭蟑螂臭虫的敌敌畏，还是我们家从见南一队带回南京的。这类危险品被用于清洁卫生，自然是外公掌管的，也因此他把敌敌畏放到了一个只有自己知道的保险的地方。其间外公去了一趟厨房，拿来一只干净的小碗，他用装敌敌畏的盒子里自带的小砂轮在一支玻璃瓶的瓶颈上轻轻划了一圈，将一根筷子倒过来猛地一敲，瓶颈就断开了。外公一连敲了两支，将药液倒入那只白瓷小碗里，沥干净（就像他每次灌开水的时候沥净热水瓶里的残水一样）。药液深褐，气味扑鼻难闻，在碗底只聚集了一点点，外公看了一下，之后一饮而尽。干完这一切，外公用隔夜茶漱了一下口，咽下去。收拾了剩下的敌敌畏，放回到床头柜的最里面，再拿来笤帚，扫去地上的碎玻璃，将用过的小砂轮也丢进了簸箕中，和碎玻璃一起倒入厨房的垃圾桶里。对了，他肯定还洗了那只碗，在水龙头下冲洗了七八遍，以防洗得不干净会有药物残留伤害到家人。

外公有条不紊地干着这些的时候，母亲在自己的房间里又睡下了。她听着外婆的谩骂，听到外公弄出的这些响动。平时我们家也是外公第一个起床的，因此外间的响动令母亲安心，况且现在外婆已经不骂了。母亲心里想，他们的争吵已经结束，生活又回到了以前的轨道上，或许他们根本就没有争吵过呢……直到外婆再一次叫喊起来："老头子要死啦！你爸爸寻死啦！"母亲从昏沉苦涩的意识中再次被惊醒过来。

外公被救护车送到医院抢救。除了催吐，最有效的手段就是灌肠。自始至终外公都很清醒，他显然已经后悔，因此十分配合医生。医院灌肠和我们在家里给外公灌肠完全不同，设备、方式不同，灌进去的液体也不一样（在家里只是肥皂水），而且量极大，外公的肚子眼看着就鼓了起来，不一会儿他就有了便意。

母亲搀扶着外公去了厕所，因为是男厕所，外公坚决不让母亲扶进去。他撑着墙进去以后，母亲就在门口等着，一边注意听里面的动静。外公拉得那叫痛快，绝对酣畅淋漓，站在门外的母亲听得清清楚楚。想起外公常年便秘的毛病，母亲肯定感到了一丝宽慰。这以后又过了半天，厕所里就再也没有任何响动了。母亲喊："爸爸，爸爸，你没事吧？"外公也不回答，只有越来越浓烈的氨水气味源源不断地传出来……等母亲奔进厕所，外公已经没气了，跌倒在粪沟里，嘴巴里甚至都灌进了粪水。洁癖一生的外公就这么死在屎尿中了。

"至少，"后来母亲对我们说，"爷爷最后总算痛痛快快地拉了一次，如果挺过来那就好了……"

为了能让我们安心读书，母亲没有及时通知我和哥哥。暑假归来，前往我们的"新家"我已经熟门熟路，但家里还是有了某种变化，父亲的遗像旁边挂上了外公的遗像。同样是黑色的镜框，上面装饰着丝绸做的白花，母亲红着眼睛从头道来外公去世的前因后果。她已经平静下来，可在讲述中仍免不了哽咽。母亲讲述时也没有背着外婆，后者已经彻底老年性痴呆了,始终在一边打岔,自顾自地嘟囔着。

"你爸怎么还不回家啊,这都多长时间了,玩也玩够了。"她说,"有本事你娶来家啊,二房、三房也不嫌多……"

母亲无奈地看着外婆,泪光中似有怨恨。

我对外婆说:"爷爷是你害死的,你是杀害爷爷的凶手!"

外婆愣了一下,似懂非懂地盯着我,那被白内障蒙住的眼睛里闪过一丝狡猾,也许还有恐惧。她暂时住了口,然后又说了起来:"你爸狠心啊,拿了你的钱就不着家了,丢下我们娘儿俩跑走了,外面这炸得不成猴子耳朵……"

"我是谁?"哥哥问外婆,这会儿外婆已经完全不认识我们兄弟了。

"我是警察。"哥哥说,"你们家是怎么回事啊,两个老人家只剩下了一个?"

"我哪晓得……"

"不管晓不晓得,你需要跟我们去派出所一趟。"我说。

外婆彻底沉默下来,同时挪往她和外公的房间。她动作麻利地躺上床去,拉过被子蒙住了头,那床被子开始索索抖动。

"你们能不能不要闹了，还嫌我们家的事情不够多啊？"母亲对我和哥哥说。

我总觉得这房子里还有一个人，抄着双手背对我们站在窗前，腰背挺直，气宇不凡。此人就这么站在那儿，完全置身于事外，就像他生前一样。

## 后记

我写小说至今有三十多年。在我的一些作品中始终有一个老人的形象，都是以我外公为原型的。这些作品包括长篇《扎根》，此外还有几个短篇（《描红练习》《于八十岁自杀》《团圆》等）。但我总觉得需要为外公"单独""集中""全面"地写一篇东西，于是便有了这个小中篇。

这篇小说依然是以我外公为原型，但肯定不是外公的传记。我的意思是它仍然是小说笔法，免不了情节的虚构以及即兴编造。再有一点，写作这个小中篇时，我没有照录甚至参考以前的旧作，每一个字每一个细节我都是重新写的。如果说是抄袭，那"抄袭"的也是我心目中外公的音容笑貌，并非任何小说或者文本。我甚至也没有抄袭自己。

一切都源于写出一个人（外公）的执念，源于二十年后（写作《扎根》等至少是二十年前）我六十岁时站在这一时间点上对外公的一种"即时性"理解以及感怀。说这些算是一个注脚，也是后记。

伪
装

# 1

明月跳楼时五十岁，准确地说是四十九，五十岁的生日还没有过。他从一栋二十六层高的大楼上一跃而下。这些数字（四十九或二十六）对外人而言无关紧要，但对我们这帮人理解明月却非常关键。

至少说明了两件事。其一，明月拒绝进入中年。他的青春期十分漫长，在我们的印象里这永远是一个未婚青年——虽然他有一个女儿。他自己更是这么认为和践行的，整天寻寻觅觅，文艺得不行，四十几岁时行为做派就像一个小伙子。只是容颜的苍老不可阻挡。眼看就要五十了，再也无法冒充下去，他跳楼的时间就卡在即将进入五十岁的关节点上。如果明月再不了断，就不是一个步入中年的问题了，他会直接跃入中老年。

一个中老年的明月，别说是明月，就是我们这些朋友也难以想象。

现在好了，无论如何明月死于四十多岁。按照联合国世卫组织的定义，四十四岁以前都是青年。他不过是青年刚过，余音缭绕。过了五十岁明月再跳那就难听了，他也就白忙活了。

其二，二十六楼的高度（楼顶就是二十七层），说明明月是真的想死，而不是任何意义上的表演或尝试。据说事前他打出去一个电话，给警察小吴，后者在一家派出所上班，而那家派出所恰好位于明月所跳的那栋大楼的附近。

明月对小吴说："你赶紧过来，十分钟之内，我说过的那件事马上发生。"说完他挂了电话，小吴再打过去就没人接听了。

那栋楼我去过一次，记得当时有鲁南。是一个晚上，明月回去拿一件什么东西（具体是什么我忘记了）。我们也没有久坐，陪明月拿上那件东西就去了如梦令酒吧。印象里那房子里的陈设很陈旧，堆满了杂物，明月当时说，房子是他临时租住的。现在回想起房子里的气氛和感觉，不像是他租的，应该就是明月的房子，或者是他父母的房子。没准是当年他结婚的新房呢。总之是他们家的老房子。后来买了更大更新的房子,老房子就归明月使用了。跳楼以前,明月就住在这里,也有可能住在别处,为跳楼他又找回去了。

我们可以设想,明月过家门而不入(没有回老房子看看),进了那栋楼乘电梯直接上了顶层,通往楼顶天台的钥匙他早就配了一把。那是一个大白天,明月眼瞅着下面巷子里小吴骑着一辆共享单车疾奔而来(他没有打到车,事情紧急就扫了一辆单车)。一面骑小吴一面抬头看向楼顶,他是否看见了明月,这就不知道了。但明月肯定看见了小吴,这才放下心来往下跳的,就像要抄近路给他的朋友一个拥抱。明月张开双臂,瞄准小吴将自己砸下去,后者一声惊呼,扔掉了小黄车,也张开了双臂,摆出一个迎接的姿势。事情就是这样的。

说起明月最后那个电话,鲁南情绪不免复杂,表达了某种不解和遗憾。因为如果说到交情,明月和小吴也是一般化的。明月曾在南都广播电台主持过一档音乐节目,小吴是他的听众,后来发展到见面偶有来往。我们知道小吴仅仅是因为发生了明月跳楼的事,在这之前根本不知道有这号人。明月跳楼后,小吴也消失不见了。就像他是为明月跳楼专门准备的朋友。

"最后一个电话，他也没有打给家里人。"我说。

"没打给家里人是不应该，但他打给哥儿们，为什么不打给我们呢？"

这的确是一个问题，但并不像听上去的那么难以理解。我说："因为小吴是警察，因为他所在的派出所离得很近。"

"你的意思……"

"一切明月都安排好了。他肯定不想让家里人还有我们看见自己跳楼的现场，二十六楼啊，惨不忍睹！所以得尽快处理掉。还有什么人能帮明月做到这一点的呢？只有警察，只有附近的警察，一个作为粉丝的附近的警察那就更是近水楼台……"

"是啊是啊。"鲁南说，"我理解了，他这是在尽义务。尽一个父亲的义务，一个儿子的义务，一个朋友的义务，不想让自己亲近的人看见。虽然跳楼这件事是极其不负责任的，但在最后时刻明月尽力啦！"

说着，他又开始落泪。

我说："这也是人之常情吧。"

鲁南啜泣道："一切他都筹划好了。"

# 2

大约半年前，我从工作室下班回家，在一个十字路口上绿灯亮了。我横跨马路，向对面的公交汽车站而去，刚走到一半，一辆红色宝马mini从身后过来右拐，差点没撞到我。mini在我右前方停下。

"老秦！老秦！"车窗降下，我一看，后座上坐的是明月。我探头进去以便看清开车的人，是一个我不认识的年轻时髦的女孩，鲁南则坐在副驾上。这二人也都转过脸来，冲我嘻嘻而笑。

"你们这是去哪儿？"我问。

"看演出啊。"明月说，"左小祖咒，四方美术馆……怎么样，一起去吧！"

"都什么年头了……"

明月故意打开他那侧车门，但车门也只是开了一条缝，纯粹做做样子而已。他和鲁南知道我不会去，我也果然表示不去。三个家伙笑得更欢乐了，大有嘲笑我的意思。也许并不是嘲笑，他们只是很兴奋。

明月除了干过电台音乐节目的DJ，早年也组建过自己的乐队，和南都乃至全国的地下乐队、乐手都过从甚密。他号称南都市的"地下音乐教父",因此刚进入我们圈子的时候总是大谈音乐、乐队、乐手、打卡碟什么的。我平生去过三五次民谣演出的现场,都是被明月鼓噪怂恿去的,总之是被裹挟而去。那会儿我们年轻呵,男男女女、音乐啤酒,黑暗局促的酒吧空间和震得人心颤肉麻的分贝……这是十六七年前的事情了吧?可此刻仿佛昔日重来,他们开着mini裹挟美女而去,不对,是裹挟开着mini的美女而去……或许这样的日子一直没有离开过明月,我只是不知道了而已。如果说这会儿他们的笑声是嘲笑,那就是嘲笑我老了。

但实际上,无论明月还是鲁南,比我也小不了几岁。我们都是已经生满白胡茬的"大叔"了。"你老啦!"他们就是这个意思。而我说"都什么年头了",意思是你们不知道你们也已经老了。

正琢磨间,明月带上了车门,宝马mini嗖地开了出去。明月的一条手臂伸出窗外摆动着。"拜拜,拜拜啰!"他说,语调欢快而轻浮。那条白皙的手臂像飘带一样在车后拖了很久。

这是半年以前的事。大约一个多月前,我接到明月的一个电话,当时我半躺在工作室里的一张床垫上，正在读书。

那是一张我第一次婚姻遗留下来的席梦思床垫，床架被我前妻搬走了，我只好将双人床垫直接放在地板上。这样挺好，我除了在那张床垫上睡午觉，也可以干点别的，比如放个托盘，朋友来了就脱鞋上床，坐在床垫上抽烟、喝茶（托盘里放烟缸、茶杯之类）。我的床垫类似于日本人的榻榻米或者中国北方农村的大火炕。当时我倚靠在床垫一头挨着的墙上——墙上我钉了一块花布，准确地说，是钉了一圈花布，床垫两边靠墙，那块长条形的布在墙角顺势拐了个弯。

总之我以极其日常的姿势（平时就那样）倚靠在"床头"，明月的电话打了过来。

不免吃惊，因为明月已经有六七年没有给我打过电话了。除了半年前的巧遇，我们也已经有很久没见了。他肯定有事求我，我是这么想的，因此通话时我不免警惕。我应付着明月，想知道他真正的目的，前面的那些寒暄和客套话实在大可不必。

明月问我最近过得怎么样？我说还行。身体还好吧？我说就那样，毕竟不是年轻人了，精力不如以前，具体的毛病倒是没有。作为回敬，我自然也得问问对方，"你怎么样啊？"明月的回答没有我那么简略，而是说开去了。当然，这也可能是他当过电台主持人落下的毛病，就是比较韶，我也没有很在意。

明月说，他前列腺出了问题，症状就是尿频，不是一般的尿频，而是非常尿频，已经干扰到他的正常生活了。我想跟他开个玩笑，说"年轻的时候用多了吧"，但想想明月的目的不明，还是忍住了。

明月继续。说他几乎每半小时就要上一趟厕所，如此一来还怎么上班呀？去家门口的超市买个东西都心惊胆战，旅行那就更不可能了。由于尿频，他也睡不好觉，一夜得上二三十次厕所。有时候稀里糊涂睡过去了，做梦梦见的也是上厕所，因此尿了好几次床。

我又想开玩笑，想问他是不是每天一大早起来就得在阳台上晾被子，没想到明月自己说了，动不动就要洗床单、晒被子，即便如此房子里仍然弥漫着一股尿骚味儿，"我家现在就像一只兽笼。"

明月说了半天他尿频、尿床的事，就像在不断地露出破绽，等待我的嘲弄。这就更坚定了我的想法，这哥儿们肯定有事求我，而且肯定是一件非常棘手的事，否则他不会这样。这件事只有当我们说话的方式回到隔膜以前的当初，可以肆无忌惮地互相嘲笑，他才能说得出口。或者，即使被我拒绝了，他也不至于难堪。我们相隔的时间毕竟太长了。

这么一想，我越发正经起来，告诉明月，一定要去医院检查。无论前列腺还是尿频都不是什么大毛病，又不是癌症，有病看病，严遵医嘱，那就没有问题。明月说："知道了，我一定去看。实际上我已经去医院看过了，也正在吃药。但我还是不会辜负朋友们的嘱咐的，会再去看病，再去检查。"

这是什么意思？我正想开口问个明白，明月话锋一转说："谢谢你呀，老秦！"

"谢什么谢？有什么好谢的？"

"谢你这么多年来对我的帮助，我有什么做得不到的地方就请你担待了，请你原谅！"

这叫什么话？不等我反应过来，明月说了句"再见！"就挂断了电话。那声"再见"说得异乎寻常地郑重，明月没说"拜拜，拜拜啰"。

拿着手机，我愣了半天，的确也想过是否打回给明月问个究竟。但最终也没有打。我也想过，是不是有时间去看一下明月，后来也没有去。去探望一下明月的想法有段时间一直在心里盘旋，后来也渐渐淡忘了。

如果说我有什么预感的话，就是没有把这件事（明月给我打电话）告诉彭燕。半年前巧遇明月、鲁南的事我对她说过，但这件事我始终没说，没说的原因——后来我想，并不是明月给我打了一个蹊跷的电话，而是我觉得蹊跷却没有深究。因为我没有深究，就没有对彭燕提起，万一，真的发生一点什么呢？

## 3

的确真的发生了一点什么。噩耗传来的那天晚上，我终于对彭燕说了明月一个月以前给我打过电话，我是将路遇明月、鲁南的那件事一起说的。彭燕说："前面这件事你已经说过了，后面这件事你为什么不对我提？"她也真是一个超级敏感的女人。

"为什么？"我问。

彭燕没搭理我，只是抹泪道："那是他在和你道别呵。"

"当然，我知道了，现在知道了。"

"你要是当时就知道了那就好了，你可以去找他。"

"那也没有用吧，据说抑郁症这玩意儿……"

"不，"彭燕断然说道，"如果你去找他他就不会那样，不会死。"

"不会吧，"我顿时心虚得不行，"明月肯定给很多人打过电话，肯定也有人去找过他了。"

"你不一样！"彭燕说得斩钉截铁，说完用泪光闪闪的眼睛死死地盯着我，这让我觉得我的确是不一样的。在彭燕的逼视下我默认了这一点，但就道理而言却仍然没有着落。也就是说，彭燕此说毫不讲理，正因为不讲理听上去好像是那么回事。

某种自豪感此时油然而生，你想呀，明月总不可能给每个朋友都打告别电话吧？他这人朋友遍天下，如果给每一个朋友都打电话告别那得打到今天，那到今天他就不会死了。显然明月是有选择的。他选择了我，这让我欣喜，更令我悲伤……我设想了一下，如果是我决意去死，死前要和朋友道别，就算选三十个人道别可能也轮不到明月。这里的不对等让我深深悲伤，更让我歉疚，总之难受极了。彭燕还在一边絮叨："他没打电话给我，如果打给我，我肯定会追究的……"

没错，我辜负了明月。

彭燕还说："当然了，就算他打给了我，我追究了，也无济于事。"——这大概是在安慰我。她接着说："但你不一样，你和我们不一样。"就又把我摁回去了。

最后彭燕说:"他打电话给你的事,你应该告诉我的,你告诉了我,我肯定会让你去找他的!"

说完,她离开了饭桌(噩耗传来时我们正在吃晚饭),去了卧室,从里面把门插上开始痛哭。彭燕哭起来会有一番仪式或者准备,得让自己不被打搅,一个人哭个昏天黑地。她爸爸去世时她就是这样的,所以我知道。

可我为什么就哭不出来呢?是因为明月和我的关系太远,还是这个消息太近?一时真说不上来。


# 4


鲁南的反应不一样。听闻明月跳楼的消息后鲁南大哭一场,他不是像彭燕那样关起门来悄悄哭的,而是哭得突如其来、旁若无人。更不像我,一滴眼泪也没有掉。

也难怪,鲁南和明月的关系不同。倒也不是说他俩彼此投缘,互相引为知己(没到那程度),只是这些年他们玩在了一块儿,属于酒肉朋友、最佳搭档。如果说到精神层面,能和鲁南彼此支撑的也只有我了。我们都写诗，叹服对方的才华，碰到一起有聊不完的严肃话题。后来鲁南和明月走得比较近，大概也是境遇使然吧，我玩不动了，原先的圈子差不多也散了，鲁南总得找个人做伴。

私下里鲁南对明月有他自己的看法，"傻得厉害，"鲁南说，"不过倒是挺能玩儿的，只是玩得不高级。"

可人一死，事情就不一样了，这么些年下来，鲁南发现自己和明月玩出了感情。明月自然也给他打过"道别电话"，他（鲁南）自然像我一样也没有深究。连我都觉得对明月之死负有难以推卸的责任，鲁南就更不用说了。怀着如此这般内疚悲痛的心情，一天鲁南摸到了我的工作室，事先也没有打电话，就像当年（十几年前）一样，一推门他就进来了。我也没表现出惊讶。进来后鲁南就往地上的床垫上走。脱鞋上了床垫，烟也点上了，啤酒瓶子也拿在手上了，他仍然没有提及明月，或者明月之死。

说了一堆别来无恙的废话——当然不是说"别来无恙"，但就是这个意思。除了那次路遇，我们也已经有很久不见。实际上，鲁南前面说的那番废话用"别来无恙"概括并不准确，准确地说应该是"明月死后无恙"。也的确，这是明月死后我们第一次见面。

憋到最后，鲁南到底说起了明月的事。但他没有正面谈及明月自杀，而是挑剔起后者跳楼的方式。甚至也不是后者的方式，而是某种抽象的方式。"二十六层啊，真是难以想象！"接着鲁南话锋一转，问我恐不恐高，我说有点吧。鲁南表示自己绝对恐高。

他没有和我讨论明月是否恐高（这还用说吗？），绕过明月鲁南开始大谈其他可能的方式。他说："在所有自杀的方式中只有一种是相对合理的，就是绝食，把自己饿死。因为过程漫长，中间有后悔翻盘的机会。如果一个人经过绝食还是想死，那就真的是想死了，我们千万不要拦着他。而那些包括跳楼在内的瞬间的、激情的、惨烈的死法通通都是扯淡！这不是开玩笑吗，如果落到半途不想死了怎么办？这一类的死法实在是太野蛮了！"

这之后，话题才正式引到明月身上。鲁南对明月跳楼大加谴责，说这人就是个傻×，不给自己预留思考的时间。"这家伙就是缺乏思考，缺乏思想，就是个没有思想、没脑子的人！"又说起明月不负责任，对家人对朋友冷漠而残忍。明月最后把电话打给小吴的事，就是这时鲁南作为举例提出来的。

经过我的解释，鲁南表示理解了，他开始赞扬明月的选择。不仅赞扬明月"一切都在把握之中"，更是赞扬起明月跳楼本身。"太他妈的牛逼了！"鲁南说，"换了我，绝对办不到，你也办不到，唉，我们真是小瞧明月了。大智谈不上，但至少这纵身一跃也是大勇吧？"

鲁南忽喜忽悲，愤怒和欣赏交织，总之情绪十分不稳定。他告诉我，听闻消息后他在家嚎啕大哭了一场，把他老婆和儿子都吓坏了，自己完全没有想到。鲁南边拭眼泪边说："为这傻×真是太不值得了！"


## 5


我第一次见到明月是十七年前，当年明月三十出头，我四十岁不到。记不清是谁把明月带过来的，反正他出现了。明月出现了，也没有引起我特别的注意。那天有一堆人，在如梦令酒吧，老权从重庆过来，这人嘴贱，不知深浅，竟然在"我们"中开始夸夸其谈。"我们"是以鲁南为核心的一个诗人、艺术家圈子，办了一本杂志叫《我们》。《我们》或者"我们"以不合作自诩，狂妄而排他（这是我今天的认识），总之当时老权大有误入雷区的意思，被这帮人逮着就是一通狂灭。

我并不属于这帮人中的一个。我的意思是，那天晚上恰好不属于。老权是我领来的，他邀请我担任重庆一家文学期刊的特约编辑，编辑费用刚刚谈好，这对辞职后专事写作的我来说太重要了。从某种角度说，从今往后老权便是我的衣食父母（他是这家杂志的主编）。

事前，我也跟这帮朋友打了招呼，得善待老权，他们也都答应了。可几瓶啤酒下去，加上老权不识时务，把大家的客气当成了巴结。这帮人于是就像鲨鱼闻见了血污，再也控制不住，表面上却更加地文雅、客套，甚至装傻充愣。这一套我再熟悉不过。

比如老权说起谢德庆，这帮人便说："谢德庆是谁啊，我们不知道哎。"

老权说："谢德庆啊，就是谢德庆，感谢的谢，道德的德，庆祝的庆。他太有名了！"

这帮人几乎是异口同声说："我们还是不知道。"

于是老权从头说起谢德庆的生平。有人插话："您这是在谷歌上搜的吧？"老权只好长话短说："他是台湾最牛逼的行为艺术家。"

"不管这姓谢的是台湾艺术家，还是纽约艺术家，我们都没有听说过。"鲁南说。

他在此处故意卖了一个破绽，因为谢德庆的确出生于台湾，后来去了美国，其最著名的行为都是在美国做的。鲁南不经意间透露了对谢德庆了如指掌，意思只是不屑于和老权谈论。后者完全蒙圈了。

鲁南继续。"台湾有艺术家吗？"他说，而后环顾左右，"那小岛上有艺术家吗？""好像没有。"有人答。就像排练好了似的，一帮人有问有答，一唱一和，老权彻底哑口无言了。

王峰是在读的现当代文学专业研究生，也写诗，因为年轻或者由于其他什么原因，话说得更狠，更不讲理。他说："台湾人能做什么艺术？就像他们不会写诗一样！"

居然有人鼓掌。

明月就是在这时出现的，或者说大家注意到了他。他开始谈论谢德庆，介绍、阐释他做过的每一件作品。并没有人想到去灭明月，我认为大概有如下原因。

一，明月是"我们"中的某个人带过来的，是南都本地人，相比从重庆过来的外地人老权，他算是自己人。二，明月担任过电台节目主持人（其时他是否正担任主持人或者已经不担任了，这就不知道了），习惯于打圆场。明月娓娓道来，两边都不得罪，暗地里却在声援老权，那也是为了整体上的平衡，不至于气氛尴尬，聊不下去。三，同样也是因为职业关系，明月的声音清晰、柔和，表述张弛有度，乍听上去让人觉得如沐春风——当然听多了也不行，这是后话。

对了，还有第四点，最重要的一点，鲁南大概也觉得王峰说得太过分了，也许这时他考虑到了我的处境（而非考虑到老权的处境），总得给我一点面子吧？因此他也就放任明月说了开去，没有打断他，也没有发动"我们"群起而攻之。

明月一气说了起码二十分钟，虽说不无动听，但的确是太啰嗦了。但对老权而言却是宝贵的二十分钟，他终于缓了过来。我刚得到的那份兼职没有告吹。

明月聊完，现场安静，甚至有一点寂寞。于是大家就散了。这时明月提出，找个地方去宵夜，无人响应。如果放在平时，转场去宵夜是每次必备的节目。最后跟明月走的只有三个人，我、老权，还有一个是谁我已经忘记了，大概是明月领来的哥儿们吧。

四个人在夜市一条街的一家小店门前坐下，一张小桌子，四面各坐了一个人。有路灯灯光透过上方大树的枝叶照射到桌面上，那小桌面干干净净的，未打开的餐具闪烁。小风儿吹着，我终于感觉也放松下来了。

活过来的老权大骂鲁南、王峰等人，说他办的杂志绝不会发表他们的作品，"作品即人品，都他妈的是什么玩意儿！"我不说话，原因不用说。明月依旧侃侃而谈，令我吃惊的是，即使鲁南等人不在场，他也没有附和老权大骂一通（通常随和的人都会这样）。明月一直在为鲁南、王峰辩解，语气却非常温和，大有大事化小小事化了的意思。这时酒菜也上来了，我有感于冰啤酒的滋味，入口入喉凉爽无比，略有一点苦涩一丝回甘——在如梦令时也喝了不少，但全无感觉。

再抬起头来看明月，他长得高高大大，不胖不瘦，五官端正，甚至于清秀。再加上他那主持人的嗓音、源源不断语速甚快的话语，明月给了我一个干净、温和不免有点文艺的印象。这是一个异常亲切的哥儿们，就是有一点点弱。

自此以后，明月就成了"我们"圈子里的一员了。

# 6

我们聚会时一般都会叫上明月,他也不断鼓动我们去听民谣演出现场,颇有一点礼尚往来的意思。明月经常出现,但他到底干了些什么或者说了些什么,我却没有印象。

明月再次给我留下深刻印象的是一个大白天,下午,一帮人坐在路边的一家茶餐厅里,大概是在聊筹办"我们写作网"的事。《我们》是一份刊物,如今到了网络时代,需要与时俱进,办一个网站便提上了议事日程。

那天人不多,鲁南、我、王峰几个核心人物,再就是明月了。之所以叫上明月,因为他是理工科出身,办网站有关的技术支持就得靠他了,或者由他帮我们找人。明月也的确带来了一个人,但并非"技术支持",而是一个女孩。明月异常大方略有炫耀地介绍说:"这是齐齐,我女朋友。"

齐齐青春靓丽,是在校大学生,本科还有最后一年,这些就不去说它了。明月再次让我刮目相看的是以下一个场景。

本来，我们肯定是要在一起吃晚饭的，可到五点多钟，天色尚早，明月和齐齐就站起身来告辞，说他们还有一点事情要办，须先走一步。很明显，两人正处在热恋阶段，不过想单独待会儿。不知为什么，我也跟着站了起来，将这对璧人送往门外。他们去路边取车，就是这件事让我莫名感动或者艳羡不已。

前面说过，明月长得高高大大，面目清秀，齐齐站起后也身材尽显，我觉得他俩真是太般配了。而且，他们去路边是取自行车，取的是自行车，而不是别的什么车（小汽车或者摩托）。齐齐就不说了，大学生骑自行车很正常，明月我们什么时候见他骑过自行车呀。这会儿他背着双肩包，双手伸直撑住车把，边上有佳人相伴，也背着双肩包、撑着另一辆车的车把。二人双双回头，和我道别，一阵风起，我甚至能感觉到齐齐飘扬的发丝被吹拂到了明月的脸上。不对，是吹拂到了我的脸上……他们就这么骑上自行车离开了，我目送背影直到在晚霞乍现的街头消失。

回到茶餐厅，继续讨论办网站的事，我多少有点心不在焉。心里想的大概是：我老啦，再也没有这样的机会了，可明月比我也小不了几岁，他只是看上去还是小伙子。我想起来了，明月是说过他谈恋爱的事的，非典期间女朋友被隔离在校园里，他们每次都是隔着一道铁丝网见面。铁丝网里面一堆俊男靓女，铁丝网外一堆俊男靓女，每天在固定的时间固定的位点，成双捉对地隔着非人性的丑陋的铁丝网互诉衷肠，此情此景大概只有在电影里才会出现吧？铁丝网也是网络，真正的网络，而因特网不过是个比喻，或者，铁丝网是物质的网络，而因特网是无形的网络……总之我一通胡思乱想，然后讨论得也差不多了，到了吃晚饭的时间，该找地方去喝点啤酒了。

晚饭后，我没有跟鲁南他们去如梦令酒吧。我说需要熟悉熟悉网络，就回家了。回家的第一件事就是拨号上网——就像有某种预感似的。

当时我们经常去的是"先锋之诗"，一家诗歌网站，筹办"我们写作网"也是受到了"先锋之诗"的启发，总得有一个自己的地方嘛。当时这类网站都很简单，也就是一个论坛，加上一个聊天室。聊天室谁都可进去，并且所有的人用的都是化名，每次为确定对方的真实身份，彼此来来回回会说上很久，有的家伙还约定了暗号。那天也一样，我一进聊天室就有一个叫"坐你对面"的找我，随即我们进入到私聊状态，我问他："你是谁？"坐你对面回答："坐你对面呀，我们下午刚刚见过的。"

我不信是齐齐，让他拿出证据来，坐你对面就说："你抽云烟，五块钱一盒那种，白皮的。"我仍然不信，因为下午在场的不止她一个人。直到对方说"我爷爷是齐家国，和你爸爸是好朋友、哥儿们"，这下我不相信都不可能了。我父亲的确有一个好友叫齐家国，后来我父亲病逝，齐家国的老伴也死了，老头儿还颤颤巍巍地爬上七楼追求过我妈呢，自然被我妈拒绝了。

这种事别人不会知道，甚至齐齐也不会知道，但我还是相信了坐你对面就是齐齐（否则，他连齐家国的名字都不会知道）。认定这是齐齐后，我马上将她爷爷追求我妈的事说了一遍。我说："差点我就成你后爸了，不不不，不对，是后叔叔。"

总之，认亲以后，我的感觉是双重的，一是感到异常亲切，毕竟两家人有渊源，齐齐是自己人或者自家人。二，同时也意识到我们之间有代沟，毫无疑问地属于两代人。

从这天开始，我们就经常在网上聊，聊她爷爷，聊我父亲，聊她的学业，聊我的写作。奇怪的是，我们一次也没有聊到过明月，连他的名字都没有提起过。准确地说，是提过一次的，我说："贤侄，不要把我们聊天的事告诉明月呵。"

"谁是明月？"齐齐说。她是以这种方式在向我保证，还是坐你对面的确不认识明月？如果是后者，这个玩笑就开大了，他或者她的欺骗无比成功。也许，和我聊天的正是明月呢？

无论如何，我得见见这个自称是齐齐的坐你对面。

7

约会的地点在我的工作室，晚饭以后。来人验明正身，我一看，果然是齐齐。之后，我就请她上了地板上的床垫。

本来，这是很唐突的。虽然我的床垫类似于榻榻米或者大火炕（前面说过），但我和齐齐毕竟是第一次单约。除了老朋友，不熟悉的朋友或者一般来人来访，我都会将对方领到放电脑的小房间里，那儿有专门待客用的长沙发。将齐齐领进"卧室"，主要是没有把她当外人。再就是这是一个冬天，天气太冷了，坐在床垫上毕竟暖和些。床垫上有电热毯，有棉被，我将齐齐领上去后拉开了被子,把我们的四条腿盖住。这就不是上了榻榻米,简直就是进了热被窝。

当然了,不可能是在被窝里睡觉的样子。我们并排而坐,但没顺着床垫的纵向方向,而是横过来坐的,背靠坚硬冰冷的墙壁,所以你也可以认为我们是坐在榻榻米上。

关键是齐齐表现得很顺从,整个过程中没有提出任何异议。但凡她有一点犹疑,我都会把她请到小房间里的沙发上去坐的。

自然,我边请她上床垫边不忘解释:"这床垫就像北方的大火炕,平时鲁南他们来的时候都是坐在上面的,天气太冷了……"诸如此类。齐齐笑眯眯的,就脱了鞋子跟我一齐坐上去了。

由于是横着坐,床垫足够宽,我们也没有挨在一起,中间相隔的空当足以再坐下一两个人。空出的那块地方被子耷拉下来,我用托盘将其压住,托盘里放着啤酒、烟灰缸。终于坐好了,妥帖了,还有一件事我琢磨要不要说,最后还是说了。我说:"要不我们把灯关了,在黑暗中聊天注意力更集中。"

齐齐仍然在笑,略微点头。我伸手拉了一下灯绳,咔哒一声(也许并无声,只是幻听),房间里就全黑了。

但过不多久，眼睛适应后，外面街道上的灯光通过阳台的玻璃门映照进来，灯影里面有树枝摇曳，水波一样晃动，至此效果全出来了。尚未开口，我已经向齐齐证明了关灯恳谈的妙处。

至少有六七个晚上，我们都是这么度过的。至于聊了些什么，我已经不记得了。只记得齐齐靠墙而坐的身影，她和我"碰杯"时啤酒瓶上夜光闪烁，烟屁上的红光明灭。那粒红光靠近她的嘴唇，有几次我几乎目睹了那年轻的厚嘴唇翕动吮吸的形状……

我结过婚，目前的状态是离异无孩，如果和齐齐发生一点什么的话，那也是顺理成章，可中间隔着一个明月。明月也离婚了，但有一个三四岁的女儿，而且他和齐齐恋爱在圈子里十分高调，我和齐齐也差了辈分。所有的这些都构成了一定的障碍。是一定的障碍而不是绝对的障碍，因此我一直等待或者拖延着。我的意思是八成我不会主动——实际上我已经相当主动了，使齐齐置身于现在这样一个暧昧的所在，但如果继续主动那就有点过分了。如若齐齐主动，情况可能就是别样的了。哪怕她主动聊聊明月也好。

齐齐就是不聊明月。她不聊我也不好主动聊。我们越是不聊此人，此人的存在就越是不容置疑，甚至我都会觉得明月就坐在我们中间，一开灯就能看见。

十二点以前，我下决心送齐齐回家。无论她是怎么来的，我都会打一辆出租。齐齐先坐进去，我坐在右手靠车门那侧，我们并排坐在出租车的后座上。这样一来自然比在床垫上时挨得还要近。这个时间，正是明月夜游在南都城里到处乱窜的时间，因此我要求齐齐伏下身去，不要让人从车窗外面看见。齐齐向我这侧歪倒，直接躺在了我的大腿上，我左手手臂很自然地垂落下去，手搭在她的身体上。

后来已经不用我要求，一上车齐齐就向我这边歪倒，趴卧在我的怀里。这大概也不能算是她采取主动吧？

就这么一路开过去，大街上空旷无人，十字路口上的灯光尤其明亮。等红灯的时候，我会向车窗外多看两眼，届时某辆车也停了下来，和我们并排等红灯，我不免和司机或者后座的乘客对视一番。自然是陌生人，一次也没有发现明月。

这种夜深人静、十字路口、来自同向并行的车辆上的对视很怪异，双方的目光都饱含空虚。当然，已经睡着了（或者假寐）的齐齐是感受不到的。她的表现只是一味顺从，顺从我走上床垫，顺从我趴下埋伏……我感受到她的重量、温热以及近距离的少女气息，心想，如果我更进一步的话她也会顺从的吧?

越是这样，我就越需要警惕了。因为所有的责任都得我一个人承担。

## 8

半年后齐齐毕业，去北京读研究生了。她和明月算是自然分手，和我，本来就没有任何实质性的关系，就更不可能有所纠缠了。这人说走就走了。

再次见到明月，他压根儿没有露出失恋的神色，情绪依然高涨，甚至更高涨了，我觉得不免有点变态。继而我想到，他和齐齐之间并没有所谓的爱情，或者不是我们认为的那种爱。两个人只是般配，站在一起十分好看，否则的话齐齐也不会和我熄灯恳谈了。如果当时我把心一横，横刀夺爱，明月估计也不会有什么异议，甚至不会影响到我们之间的友谊。况且我和明月之间也谈不上真正的友谊，就像他和齐齐谈不上真正的爱一样……若有所失的反倒是我。

直到明月跳楼，十四五年过去了，齐齐夜访我工作室的事我都没有向明月提起过。也没有向其他人提起过。

为了为明月做点什么，彭燕建了一个悼念群。她提议大家捐点钱，在青海的一家寺院请喇嘛给明月念经超度。我把和我有联系的明月生前的朋友都拉进了群里，其中也包括齐齐。齐齐的微信还是我向彭燕"求婚"的那次在北京留的，这是后话，后面会说。

齐齐进来后一声不吭，但她也没有退群。所有的人都表示了哀悼，我注意到齐齐连个合十或者点蜡烛的表情也没有发一个。彭燕集资要为明月超度，齐齐发了一个红包。红包的上限是两百元，齐齐就发了两百，比起庆总转账两万来自然是少了太多。我想齐齐也就是个表示吧。

也有人一分钱不掏，比如鲁南。他说他不信这一套。再说人都已经死了，超度什么的也不能让人死而复生。这些玩意儿于事无补，也很庸俗，不过是活人在寻求心理安慰。"如果较真的话，我们这帮人就不应该活着！"鲁南说，不知从何谈起。总之他非常愤怒。只有我知道，他的愤怒就是他的悼念，但也许还有另外的意思。这个另外的意思大概就是，明月虽然死得足够壮烈，毕竟也是平凡的生命，是犯不着大操大办的。这也是我后来才慢慢意识到的。

# 9

当年，鲁南的情况和我和明月都不一样。和我相比，他有正式的工作，是《南都晚报》的副刊部主任。就婚姻而论，他是已婚人士，正处在婚姻中，有一对双胞胎儿子。但鲁南比我和明月都更像是单身。不仅比我们，比任何真正的单身都更像单身。

夜不归宿不说了。到处寻寻觅觅，就像一匹发情的骡子。筹办"我们写作网"时鲁南尤其积极，为建立一个能够独立发表作品的园地只是原因之一，另一个原因大概是想借办网站和女网友勾兑。鲁南周围充斥着文学女青年，但他总觉得网上的更胜一筹，至少更新鲜更不可预料。实际上我们都抱有类似的心态，但如果说到心情的迫切，肯定非鲁南莫属。

有一个女网友，自然也是女诗人，网名魔女贝贝，在我们上"先锋之诗"时已经出现了，一直追踪到我们创办"我们写作网"。此女和我在"试营运"的聊天室里私聊了几天，发来一堆她的照片。见到鲁南和明月时我说起此事，并评论道："好像长得不怎么样哎。"鲁南说："贝贝也给我发了照片，好像的确长得很一般。"明月说："她也给我发了照片，长得还行呀。"

"何以见得？"鲁南立刻来了精神。他恭维明月道，"你阅历多，接触的面广，说说看呢。"于是明月就说开去了。

明月的话那天我总算听进去了，也不觉得他韶。但他还是很韶的，只是没有谈音乐、电影或是哲学。

明月说："照片一向骗人，但照片骗人是两个方向上的，也就是说有人没有照片上的漂亮，但也有人比照片上长得漂亮。只有照片和真人不是一个人这点是一定的。"

"那贝贝呢？"鲁南问。

"贝贝肯定是后一种骗人。首先，她发来的照片量大，如果企图从第一个方向上骗人，就不会如此随便，那还不得张张斟酌挑选啊。"

"有道理。其次呢？"

"其次，从这些照片上看，各个角度、各个距离上的贝贝都不算惊艳，但也没有明显的缺陷。也就是说各个零部件都很普通，但组装在一起综合起来那就厉害了，肯定比某个部分完美、其他部分跟不上要强——那样的话，反差强烈那不是更可怕吗？并且贝贝还写诗，气质绝对与众不同……"

诸如此类，明月说了很多。他阐发的过程中鲁南始终在问："这是不是你的经验之谈？你有把握吗？你保证吗？"

我想找一个实例，找到一个明月认识我们也认识的女孩验证一下。但我们认识明月也认识的女孩的确不多，漂亮的就更少，大概也只有齐齐了。我很想问明月："那在你看来，贝贝比齐齐长得如何？"想想还是作罢了。

鲁南就像知道我的心理活动一样，这头我刚放弃，他却说了出来："那你说，她比齐齐如何？"

明月连个磕巴都没打，立刻回答道："齐齐哪能和贝贝比，天壤之别！"

说得如此明确肯定，真让人不敢相信。于是我补充了一个问题道："哪个是天，哪个是地？"

"那还用说，贝贝是天，齐齐是地。"

虽然我也能理解，也许明月只是为了说话的快感（鲁南和我从没有这么专注地听他说过话，讨教于他），但我还是觉得失望。毕竟，齐齐是明月的前女友，他怎么能如此加以贬低呢？当然，明月这么做不是故意的，是有一个前提的，那至少也说明当时他们谈得不怎么样。也有可能明月是在表达对齐齐抛弃他去了北京的愤怒……

这时鲁南说——很像是自言自语："这贝贝给老秦发了照片，我能理解，可她干吗要给明月发呢？哦，我明白了，（转向明月）你是我们论坛的版主。"

这话又是什么意思？

又过了一天，我们去庆总的公司讨论"我们写作网"办网刊的事，事毕从电梯里出来，步入一个漆黑幽深杂草丛生的院子里。明月和520（明月叫来的技术支持）走在前面，我和鲁南并排在后。鲁南看似随便地说了句："老秦，我正在网恋。""啊？和谁？""魔女贝贝。""哦……"

我立刻就明白了，鲁南这是在和我打招呼。看似随口说出的话，显然鲁南早就蓄谋已久。"那好啊，恭喜，恭喜！"我说。这之后，无论是我还是鲁南，都再也没有提魔女贝贝了。

庆总公司所在的院子非常宽大，庆总故意没有打理，不免荒芜一片、起伏不平。我和鲁南相扶着走了好一阵，才磕磕绊绊地走到明月停车的地方。

从此以后，我就再也没有和魔女贝贝私聊过，她发来照片我甚至都不会打开。当然，邮件是回的，也就是个礼尚往来的意思。之后鲁南在圈子里高调宣布和贝贝谈恋爱，弄得人人尽知。两个人还隔空争吵，吵得不亦乐乎，就像是吵了一辈子。我心里道：这人都没有见过，吵什么吵啊？同时不禁佩服起鲁南的勇气来，这哥儿们真的不是一般人，连条后路也不给自己留呀……

明月更不用说，获悉鲁南和魔女贝贝谈恋爱，可用欣喜若狂来形容，也真的比他和齐齐恋爱时要兴奋多了。每次见面时他都要问鲁南谈得如何了，或者架吵得如何了，鲁南自然知无不言，还巴不得有个人和自己聊聊这件事呢。也难怪，除了女人方面的事明月和鲁南之间实在也没有什么共同的话题。聊诗歌、文学吧，明月不够格，聊音乐、电影之类，显然鲁南对明月文艺青年加知识分子的一套也没啥兴趣。不仅鲁南，我和明月相处也一样，总觉得这家伙说不到点子上（除了那次说魔女贝贝的照片）。明月还特别喜欢说。他有一个本事，就是说话不看对方的反应，只要你不打断他，他就可以一直说下去，一直说到你昏昏欲睡。就算你真的睡着了，迷糊过去一会儿，睁开眼睛醒来，第一眼看见的还是明月的两片吧嗒不已的红润的嘴唇……

明月额外的兴奋可能还有一点，就是，从某种意义上说鲁南和魔女贝贝的恋爱是他促成的，不免有点居功自傲。

## 10

忽一日，我接到了魔女贝贝的电话，说她人已经在南都了，要来拜访我。我大惊，连忙问："鲁南知道你来吗？"魔女贝贝说："不知道，干吗要他知道……"我说："那好，你待在宾馆里别动，我去找你。"放下电话我就给鲁南打了一个电话，无巧不巧，鲁南出差去了杭州，不在南都。但他说了："我马上离会，去火车站买票赶回来。"

然后我给庆总打了一个电话，主要是想到晚上招待贝贝的饭局以及去酒吧的花销，按我的经济条件肯定是招待不起的，但因为是鲁南的女朋友，又不可简慢。鲁南晚饭以前肯定赶不回来了，今晚是否能回南都都不好说……无巧不巧，庆总也出差在外，好在还有明月，这家伙在买单方面绝对是个保底的。

明月说，他正在上班，而晚上有饭局了。我说："那你就结束以后赶过来，我们在饭店板等，不见不散。这可是鲁南的女朋友啊，没准是你未来的嫂子……"

明月说："我过来就是了。"

之后发生的事都是按照我的计划进行的。我叫上了王峰、520，去宾馆和魔女贝贝见面。这两人都是穷学生，叫上他们只是为了避嫌。

会见结束，我们在宾馆附近找了一家很说得过去的饭馆，走进去边吃边聊边等，喝得差不多的时候明月到了。他买了单，一帮人转场去了我们定点的如梦令酒吧。这时我的一颗心已经放下了，因为有明月在就再也不用担心买单的问题。还有就是，有他在就永远不会有冷场的尴尬。

又要了无数的啤酒。我心想，哪怕聊到后半夜呢，聊到明天早上呢，鲁南不出现都一点问题都没有。总而言之，明月给了我从未有过的踏实之感……

大约零点刚过，鲁南风尘仆仆地赶到了，我将贝贝完好无损、很有面子地交给了后者——谁有面子？都很有面子，无论是我还是贝贝还是鲁南。鲁南背着一个电脑包，拖着拉杆箱，口中喷出因为上火而有的不佳气息，他甚至连坐都没坐就把贝贝领走了。

顺便说一句，那天晚上如梦令的单还是明月买的。谁让他是我们的买单王呢？或者说，从那天起，明月就正式成为圈子里的买单王了，在买单这件事上硬是把庆总挤出了A角的定位。和庆总相比，明月毕竟是南都的"地下音乐之父",热爱文学和诗歌,算是"内行",而庆总纯粹是个玩票的——他经常会拿自己写的古体诗请鲁南和我指教。明月会让我们打瞌睡,而庆总让大家陷入尴尬,相形之下我们自然更愿意选择明月了。


## 11


有明月在就不会冷场,而且他是一个买单王。基于以上两点,后来有任何活动和聚会就非得有明月不可了。尤其是外地来人,尤其是外地朋友成群结队地来到南都。

这时以鲁南为首的"我们"写作群声名鹊起,已接近巅峰,慕名前来拜会的人每周至少一次。我对鲁南说:"现在你已经成南都一景了。"鲁南道:"哪里呀,人家是来找我的……"我说:"显然是来找你的,我不行,我已经过气了。""男诗人来找你,女诗人是来找我的,这总行了吧?"

两人互相恭维谦让一番。但不管怎么说,来了人就得招待,招待就是一项工程,因此明月的帮衬是少不了的。有时候场面甚大,在如梦令喝啤酒能排四五张小桌子，四五张桌子排成一长溜。我心里默数，有二三十人之众，整个二楼都被我们包了。明月穿梭其间，鲁南则稳坐长条桌的一端，像个大家长似的享受着来自桌子另一端的遥远的致意——双方频频举起啤酒瓶。我趁机溜下二楼，进入厕所，撒一泡长长的啤酒尿……

自然还得看人。像老权那样的就不受待见。所有诗或者小说写得好的，又不混官方的，便会体会到"南都人民的热情"。当然，这二三十人不可能都是从外地来的，外地来个四五个，或者三四个，哪怕只有一个人呢，只要我们觉得是同类便会招上一大帮人。招来人数的多寡即说明我们对该人的重视程度。

比如句子来的那次，"我们"全体都到齐了，甚至连"我们"的外围，外围的外围也都被叫了过来。

句子好酒，不免宾至如归。据说他喝高了喜欢脱衣服，把自己剥得光溜溜地去大街上裸奔。鲁南让王峰连毯子都准备好了，说一旦句子脱得一丝不挂，就马上用这条毯子裹住对方。"毕竟是公共场合，有女士在场。"鲁南道。他没有和句子打招呼，只是内部要求做了某些防范，这也说明了对句子的看重。实际上所有的人都隐隐地等待着那一刻，看句子到底脱还是不脱。

　　说来也怪，那天无论我们怎么灌句子，他就是不脱。显然句子已经喝大了，说话的时候硕大的舌头都拖在嘴巴外面。有人提醒他："句子，句子，下面你准备干什么？"

　　"干，干什么？"句子愣住了，用血红的眼睛瞪着对方，"我，我，我要……"

　　"你要干吗？"

　　"我要亲你！"

　　这是谁都没有想到的。说着句子便向对方扑了过去。

　　问句子准备干什么的是林元忠，一个大男人，不禁惊叫一声跑开了。句子便离座磕磕绊绊地去追。林元忠又跑回桌子边上，指着王峰说："你，你，你亲他！"句子听从调遣，冲着王峰就过去了。至此，场面已完全失去控制，大家都纷纷离开桌边躲避，同时互相乱指："句子，你亲他！去亲他！"句子无不配合，逮不着这个就去逮那个，所有的人都疯狂了，快乐得不行。

　　只有鲁南依然端坐一头，没有离开桌边。当句子追逐一个哥儿们又跑回来的时候，猛一抬头看见鲁南，还没等他搂上来，鲁南眼睛一瞪说了句："你敢！"句子立刻就怂了，垂下抬在半空的胳膊马上转身离开。

我则早就撤离了桌边，后退到楼梯口。我和句子的距离始终在三米以上，他动我也动，随着他的位移我及时位移，而不是等他到了跟前才开始跑。所以句子始终没能近身。并且我注意到，此刻在场的有三四个女孩，尽管她们吱哇乱叫成一片，但句子并不对其构成威胁。句子追一个男的路过一个女孩，或者那女孩挡在中间，句子会像抬头看见鲁南一样，愣一下，然后绕过去继续狂追那男的。

由此我想到，句子并没有完全醉，甚至清醒得很，否则的话怎么可能光想着要亲男人呢？据我所知，句子并不是一个"同志"，甚至是其反面的极端（这方面他的传闻很多）。那天被我们招来的哥儿们中的确有一个"同志"，该"同志"大概见句子追得辛苦又一无所获，此时出列，伸开了双臂。"同志"朋友宽宏大度地对句子说："来来来，那我们就亲一个吧。"

"同志"朋友身高体壮，抱住瘦弱的句子在他的脸颊和额头上十分优雅地亲了两下。当句子要亲对方的嘴唇时，"同志"便把他抱了起来，抱到句子原先坐的那把塑料椅子上，轻轻地放下了。句子立刻弹起来，继续去追其他人。

那天真正和句子亲嘴的只有明月。后者出于什么原因响应句子我就不知道了。是看句子可怜，或者是想结束这场闹剧？或者仅仅是出于一名节目主持人的职业本能？总之两人抱定，嘴对嘴地亲了一番，你都能看见句子的那条大舌头。我注意到明月并无厌恶的表情，当然也没有句子那么兴奋，他大概只是想用自己的舌头抵挡住句子的舌头吧。

亲过以后两人分开，句子就不再闹了，似乎已经心满意足。至于亲吻后的明月，大家都没有再注意，我们的关注点始终都在句子身上。

第二天，句子一帮人就走了。又过了大概两天，几个人坐下来复盘，是明月招集的，有我、鲁南、王峰，还有520，此外就没有别人了。我们去了一家路边的小店。

开始谁都没有提句子。喝到半途，明月自己说了起来。他的方式很像是自言自语。明月说："咦，奇了怪了，他喝了那么多酒，嘴巴里怎么一点酒味都没有呀？"

不用点句子的名，我们就知道明月说的是句子。就好像从那天晚上被亲了开始，一直到今天在这家路边小店里坐下，明月都在琢磨这件事。甚至这顿饭就是为了说一把亲嘴的事而招集的。我说："句子他们都走几天了，你别是落下心理创伤了吧？"

明月有点尴尬，说："没有，没有，怎么会呢。"

"这个嘴你就不该亲！"鲁南道。

"为什么呀……我有点不明白。"

"眼瞅着句子就要脱了，你们这一亲这哥儿们的激情就有了着落，还脱个鬼啊！"

"哦。"

"老大让我把相机都准备好了，"王峰说，"也没有用上。"

"哦，不好意思，不好意思。"明月说。


## 12


明月跳楼半个月后，鲁南第二次来工作室找我。这次他事先打了一个电话，说必须聊一下明月。我说："怎么啦，出什么事了？"鲁南说："还能出什么事，这人都死了……"放下电话后不到半小时鲁南人就到了。

"不行，不行，怎么能这样！"鲁南边说边走了进来。"这他妈的也太离谱了，怎么可能呢！"总之他一进门就开始感叹，弄得我一头雾水。

原来，鲁南读到了一家微信公号上刊发的明月的诗，惊为天人。"这怎么可能呢，他怎么可能写成这样？这明月写诗吗？写过诗吗？"

我说明月写过诗，的确是写诗的，当年"我们写作网"上的电子诗刊上还用过。鲁南问："你读过吗？"我说我扫过一眼吧。鲁南说："我从来没有读过明月的诗也就罢了，你读过，怎么会没有发现他的天才！"说着拿出手机，找到那期公号，将手机杵到我面前，让我马上就看。一读之下我也很吃惊，这他妈的是明月写的诗吗？这个明月还是我认识的明月吗？可微信公号上写得清清楚楚，本期是专门为纪念"跳楼身亡的诗歌烈士明月"而做的，甚至还配了照片，我们认识的明月以及这帮人（包括我和鲁南）赫然在目。合影地点显然是如梦令酒吧。

我的汗跟着下来了。鲁南继续在一边絮叨。"我是没读过，你说你扫过一眼。"他说，"扫过一眼竟然没有发现！我们这种人根本不需要细读，扫一眼掸一眼足够了。就像那些玩古董的，真正的行家还需要拿个放大镜瞅个不停吗？"

"是啊是啊。"我说，"可能是因为我们对明月有先入为主的偏见，觉得他不可能写好诗，扫一眼的时候就忽略了。"

之后我泡茶。这回鲁南没有走上床垫，而是去了小房间，坐进了沙发。

"电子诗刊当时是谁编的？"

我说："主编是你，但每期都有执行主编。主要是王峰他们组稿、编稿，然后上传……"

由此我们开始回忆当年明月和"我们"厮混的情形，企图从中找出点蛛丝马迹。不是在一起吃喝玩乐的蛛丝马迹（那还用说吗？），也不是那些不着边际的胡吹乱侃，而是明月和诗歌的真正联系。记忆不禁进入到一片幽暗纵深之中。忽然，我的眼前出现了一本薄薄的小册子，似乎是一本诗集，上写"窟窿"二字——也许正因为这个奇怪的书名我才想起来的吧。一只白皙的男人的手将《窟窿》递给我，动作非常轻微以至难以察觉，就像生怕惊动了我似的。我接过，记忆里又是一片昏暗暧昧了。

那是明月的手。《窟窿》是明月的诗集，自费印刷的。明月的目的达到了，因为我马上就把这件事忘记了。《窟窿》我自然没看，被我顺手不知道放到哪里

234

去了。

"你也不用看，印了就给一本，人人有份。我也算给自己一个交代了。"明月说过这话吗？似乎说过，但似乎又是由关于《窟窿》的记忆想象推导出来的。想必（这次真是推导了）他也给了鲁南一本。

我正想问鲁南，他自己想了起来，大叫一声"窟窿！"，下面的话就不用再说了。之后鲁南开始自我辩解，他说："我那每天都会收到无数的诗集，有出版社寄赠的，有哥儿们送的，我他妈的能看得过来吗？有的连邮件都没拆，就他妈的堆在那儿……《窟窿》是自费印刷的，应该更貌不惊人……"

显然他也没有读过。显然，就像送我诗集时一样，明月既想让鲁南读又不想让鲁南读，递过去的动作轻柔无比。

不能怨鲁南，也不能怨我，不能怨我们。但我们（我和鲁南）还是感觉到由衷的惭愧。这么大一个诗人混迹于我们中间，多少年了？十年？十五年？我们竟然没有发现！这真是一件丢人现眼难以原谅的事啊。

我说："明月太能装了，谁能想到他写得那么好。"

鲁南说："不是他能装，是他自己也没想到。但凡有点自我意识，也不至于这么低调吧，也太不‘我们’了……”

没错，明月骗过了自己，我们跟着他的思路被带进沟里去了，也都受骗了。

13

这篇小说的读者读诗的应该不多。关于明月的诗到底写到了什么程度，就不说了。

你们可以不相信我，但至少也得信鲁南，可以说他是继北岛、于坚之后最杰出的当代汉语诗人。当然也许没有海子有名，但海子是卧轨自杀的，鲁南至今活得好好的。“我们”中自杀的是明月。

自从读了那期公号后，鲁南就把明月看成“我们”中的一员了。他四处宣称，明月的诗比海子好了不止一个档次，海子是少年天才，而明月已经相当成熟和完备。明月是一个业已完成的诗人，海子和他自然不可同日而语。明月跳楼时已经五十岁了。

这些就不去说它了。接下来的问题只是：怎么办？

“还能怎么办，”我说，“就像你说的，这人死都死了。"

"不，我们必须为明月做点什么。"

鲁南一反前面的主张，觉得一定要为明月做点事情不可。

"你不是说你不信这一套吗，什么超度啦，追悼啦，纪念啦……"

"明月不同，他是一位真正的天才！"

"死亡面前人人平等。"

"我不是这个意思。"鲁南解释说，"我的意思是明月希望自己是一个牛逼的诗人，希望我们在这件事上认可他。他已经是一个最牛逼的诗人了，但自己不知道，我们也不知道……"

绕了半天，鲁南只是想为明月出版一本正式的诗集。我举双手赞成。

大概是为以前的态度做进一步的辩解，鲁南继续阐发道："所有有抱负的诗人都在追求不朽，而所有的不朽都是一种幻觉，正因为有了这种关于永恒的幻觉，我们才有可能排除眼前的功利。换个角度说，如果死亡的是我们，难道我们不愿意死后永生吗？我们是带着这一愿望死去的，这既是我们生前的愿望，也是我们死后的愿望。如果明月的确是一个天才，肯定这也是他的愿望，不仅是他生前的愿望，也是他死了以后的愿望……需要尊重死者啊！"之后，鲁南谈及了著名的卡夫卡遗嘱的故事。卡夫卡请布罗德在自己死后代为焚毁所有的手稿，后者觉得那是世界的财富，背叛了朋友的嘱托，因此我们今天才有幸读到伟大的卡夫卡。

"而现在，"鲁南说，"我们要做的是相反的事，尊重明月的遗愿，让他死后成名！这比布罗德的做法更顺理成章，更天经地义。布罗德就是一个叛徒，我们却是明月忠诚的朋友，当然还有同志、同人！"

为确认自己的判断，鲁南还特意将那期公号发给了于坚、向静几位我们推崇的诗人，进行求证。回馈都是正面的：明月的确写得好，是一流的诗人。

## 14

明月的确热爱诗歌。他热爱诗歌的主要表现是热爱诗人，比如热爱鲁南和我。热爱我们其实还不那么典型。明月热爱诗人主要而又典型的表现是热爱女诗人。

在后来经过鲁南亲自选编、正式出版的明月的诗集《三个肉月亮》里有一首题为《给一个女诗人》的诗，也许有必要照录如下。

## 给一个女诗人

据说她从不放过

任何给男人看的机会

在各种场合各种圈子

给男人们看她的

正面侧面和性感的反面

还有她聪慧的内心

据说她坐在无数男人怀里

也不熄灭手指间的香烟

那种抽烟的姿势

像随时会有爆炸被点燃

我要担心的是这会儿

她小声而羞怯地念出她的诗歌

用最纤细明亮的声调

柔柔地

像从一口不见天日的

深井里冒出来的声音

让我看不清她

然后爱上她


这首诗在明月的诗里算不上最好的，但从中可以透露出明月的某些个人信息。我高度怀疑此诗是写给白炯一的，或者是以白炯一的"性感""聪慧"为灵感，指涉了所有明月欣赏、迷恋、向往和热爱的女诗人。《给一个女诗人》中的女诗人是女诗人的代表、典型以及"文学化"。

白炯一和我和鲁南都是老朋友，你们可能不知道，但向静总归听说过吧？我这么说吧，如果向静是当代诗歌圈里的第一代"诗歌女王"，白炯一便是第二代，第二代"诗歌女王"。所谓的诗歌女王自然是文学化、诗意化的说法，意思是以其特有的女性魅力为引力核心，在其周边形成了一个诗人但不限于诗人的各类文艺人士进出的圈层。类似的美谈在世界文学史或者艺术史上并不罕见，但在我国却比较难得。比如说在南都，就没有诗歌女王，我们的小圈子是以鲁南为核心的。纯粹倒是非常纯粹，但就是少了点什么。由于核心人物的性别特色，难免不争强好胜，整天牛逼哄哄的。"我们"缺乏一点柔情似水，缺乏一点滋润，缺乏一点如沐春风……这些就不去说它了。

　　说到白炯一，她和第一代的区别有两点。一是所在地点不同，向静一向都在深圳，而小白（我们都管白炯一叫"小白"）是北京土著。第二就是年龄，小白比向静小了十几岁，我和鲁南认识她的时候她才二十多岁。鲁南一直有一个愿望，就是想让小白移居南都，接手如梦令酒吧，这样一来我们南都就也有诗歌女王了，也有了一个像向静在深圳经营的极光酒吧那样的"我们自己的地方"了。

　　小白当然不可能移居南都，就像向静不可能把酒吧开到南都来。但她毕竟年轻些，生性好动，一有不爽就会坐飞机或者乘火车过来，找"我们"疯玩两天。然后，她就来了，还带了一个闺蜜彭燕。后者不写诗，但读了大量诗歌。明月主动要求开车去机场接小白，这是他们（明月和白炯一）第一次见面。

　　那天是平安夜，明月已为小白、彭燕预订了一家酒店。正往那家酒店疾驰，明月接到了鲁南的电话，让他把人直接拉到酒桌上去。小白和彭燕抗议，说一定要先去酒店，"女孩子嘛，总得收拾一下才能见人。"明月说："难道我不是人吗？"

　　"哎呀，我错了错了。"小白说，"我是说不收拾一下不能见大诗人。"明月自然没有回答,"难道我不是诗人吗?"更不可能说,"我不就是一个大诗人吗?"显然他没有那样的底气。好在小白冰雪聪明,在不知明月是不是一个诗人并在她看来八成不是一个诗人也就是说有可能是一个诗人的情况下,立马补上了可能得罪人的漏洞。小白绕回她前面的那句话,对明月说:"你不是人,简直就是一仙人!我来南都这么多趟,从没见过一个帅哥,尽是些歪瓜裂枣。"

这个段子是小白在饭桌上说的,自然没有透露她的心机。鲁南道:"难道我不帅吗?老秦不帅吗?老秦没有明月帅吗?"

"说真的,都算不上帅。"小白说,"你和老秦那叫魅力。但你们的魅力只对小姑娘有效,比如彭燕就崇拜老秦,要死要活地要跟我来,说二十五岁以前一定得见上……对我来说,帅就是一切!"

"我可不敢……"明月插话,"对我来说,炯一最有魅力了。"

"你说的这都叫什么呀,我有这么老吗!"

"哈哈哈哈。"鲁南大笑起来,几乎喷饭。这是我唯一的一次见到明月笨嘴拙舌。当然他也不那么韶了。

　　小白、彭燕在南都盘桓了三天，无非是吃饭、喝酒、宵夜、洗脚按摩，对了，还去唱了一次KTV。第三天，小白心满意足，人也玩得有点疲乏了，准备和彭燕返回北京。

　　明月主动请缨送小白她们去机场。小白对鲁南说："你们不能总是欺负明月啊，就因为他长得帅吗？我们过来的时候你就没有去机场，这接待规格在逐年下降呵。"

　　"啥都不用说了，我送！"鲁南道，"老秦，明天你也去，没事儿的都去，厚德载物，厚颜也一样，小白是绝对能担待得起的……"

　　"鲁南，你骂我！"

　　"不不不，厚颜的意思是说你长得美……"当年"颜值"一词还没有被发明，否则的话鲁南肯定会说："厚颜就是颜值高的意思。"

　　总之两人机锋往来一番，"我们"中也只有鲁南在和小白的比划中勉强不会落在下风。

　　明月没有说话。第二天默默地租了一辆七座的商务别克，先去酒店接小白、彭燕，之后沿途把鲁南和我以及王峰、林元忠都拉上了。绝对是集体欢送，一帮人都兴奋得不行。

经过一座立交桥时，王峰正劝说小白别走了，干脆去扬州玩一把得了。副驾上的鲁南完全赞同，让小白马上改签机票，他说："扬州的灌汤包没吃过吧? 扬州的汤包耶，也只有在扬州汤包才正宗……"我们正等小白如何答复，没想到明月一打方向盘，商务车已经到了另一条道上。

明月的动作完全没有必要那么大，所带来的震撼首先是物理的。当时我们还在立交桥上，大家一阵惊呼，感觉上那车直冲护栏就要开到外面去了。凌空的错觉转瞬即逝，醒悟过来的时候我们已经稳稳地行驶在通往扬州高速的匝道上了。真的就像坐过山车一样，所有的人情绪都被调动起来了。

接下来是现实问题，大家有无去扬州的时间。鲁南说他是《南都日报》的元老，没有人有资格管他，在家老婆更不管。我早就辞了工作，在家专事写作。王峰是这场闹剧的发起者，无论如何他都得硬着头皮跟着走了。明月更不必说，是"操盘手"，不由分说地扭转了我们的前进方向，硬生生地把说笑变成了一个现实。

大概只有林元忠算是被裹挟而去的。这会儿也没有人问他的意见了。

但如果说被裹挟是一种心理感受，我想大家都有那么一点，包括鲁南，包括我，甚至也包括王峰和小白她们。但又是被谁裹挟的呢？显然是明月，只有他最愿意去扬州或者其他任何地方。

情绪居高不下。我开玩笑说："我们可以就这么一直开下去，也不去扬州，随便开到一个荒无人烟的所在，组成一个部落，从此繁衍生息。"

鲁南说："那敢情好。肯定是一个母系社会，小白就是咱们当之无愧的女王了！"

"她已经是一个女王了。"明月边开车边说，同时通过后视镜看了大家一眼，"大家"自然也通过后视镜看见了他兴奋而又有些躲闪的眼神。

"现在她是诗歌女王。"鲁南说，"到时候咱还需要诗歌吗？那会儿咱不需要明喻也不需要暗喻，小白就是真正的女王，部落女王，有三妻六妾的。当然都是男妾，谁要跟她睡觉得打报告！"

"我的第一道懿旨，"小白回敬道，"就是把鲁南给阉了！"

"阉了好。"鲁南说，"老秦比我老，要阉你先阉他。但你不能除明月一个把所有的男的都阉了，二对一他就称帝了。权力的秘密就是掌握稀有资源……"

"我不仅要把你阉了，还要缝上你的嘴！"

上面这段大概是此次意外之行的最高潮。等真的进入扬州天已经黑了。我们到了一个地方，似乎是城乡接合部。鲁南在扬州也有很多朋友，但他不想自找麻烦，如果扬州的诗人都啸聚而来那就没完没了了。

正因为是意外，所以隐蔽性极强，广而告之那就浪费了。某种秘密甚至是偷来的愉悦始终伴随着我们，随着夜色的降临体会更加强烈。一辆车一个"部落"，就这么悄无声息地嵌入扬州地界，再怎么无聊也胜过大张旗鼓地呼朋唤友不是？后者是我们的日常生活，已毫无新意。

于是我们就在这城乡接合部兜了几圈，找一个有正宗扬州汤包的饭店。找到后，吃了，也喝了。汤包的味道也就那样，也有可能是我们没有找对地方。

兴奋劲儿已经过去，大家都有一点疲惫。或者说，在一路而来的那种强度的兴奋比较之下，此刻我们显得有点落寞。人生地不熟，加上长途奔袭，前面的调门起得太高，我们的期望值也太高，这些都是原因。我们经过的路段甚至都没有什么路灯，或者路灯不亮，楼房老旧，路面也起伏不平。"扬州真不如南都，名不副实。"小白说，这是她的结论。

而且，她是要求先住店的，收拾一下再找地方吃饭。但在扬州的马路上转了几条街，好几家酒店小白都亲自进去看过了，一概不合她的心意，我们这才先找地方吃饭的。

饭后，继续找酒店，仍然没有小白看上的。这时路边出现了一家酒吧，鲁南就像老猫闻见了鱼腥，让明月靠边停车，说进去看一眼。小白自然不愿意，可到了这会儿也只能"入乡随俗"了。

就这样一干人进了这家看似别无选择的酒吧——这条街的前前后后都没有酒吧，这个区域的几条街上也都没有酒吧。好在里面生意萧条，没有别的客人，我们沿木制楼梯上到被隔出的上面一层，黑咕隆咚的。店家点起桌面上的蜡烛，光焰射出，映亮了一帮人红艳艳的脸庞。

我们就像来到了一个洞穴之中。这也不错，某种思古之情不禁油然而生，似乎可以接上来的路上那个有关部落的话题了。但是没有。坐下后，默默地平定了一番紊乱的气息，鲁南开口要了两打啤酒。几口啤酒下去他竟然聊起了诗歌和文学。

鲁南聊得极为认真。当然了，主要是他和小白在聊。他们之间甚至也没有了机锋往来，的的确确是在正儿八经地讨论问题。聊到一个关键点上，如果出现相持不下，鲁南或者小白便会转向我，询问我对某一问题的看法。即使他俩的观点一致时，说到高兴处也会看我。两人来往穿梭的目光划出了一块区域，其他人是被隔绝在外的。

彭燕不说了，她原本就是一个不爱表现随人的女孩，旁听的过程中始终在笑，略显机械地点头，意思是她听见了。而且彭燕的身体后靠，那张不无青春的面孔并不处在烛光的映照里。林元忠早就在折过去的沙发上躺平了，阴影里传出他时有时无并不过分的鼾声。王峰的办法则是敬酒，不时举杯敬小白，敬鲁南，敬我。并且他敬酒的时机恰到好处，卡在鲁南或者小白说累了，或者他们得出了基本一致的结论，即将转入另一问题之际。王峰的敬酒就像在给讨论加上了标点符号，小白和鲁南于是额外向他多看了两眼。奇怪的是，喜欢说话以健谈著称的明月此刻却毫无声息。

我一开始也没有注意到。直到乐声响起，有人低声吟唱我也没有联想到明月，还以为是由吧台操控的背景音乐呢。鲁南和小白随着那乐声聊得更加滋润，话题也更加深入。

既有标点符号，又有音乐保驾护航，加上烛光令人思想集中，洞穴效应使人飘飘然，这场关于诗歌和文学的讨论质量之高可说是前所未有。我也逐渐被吸引了，不禁陶醉其中。

后来是因为啤酒尿，下去找厕所，站在木楼梯上我看见了楼下的明月。他坐在一把靠背椅上，怀抱一把吉他拨弄着。低头且抬头，目光和我相遇，又低下了头，兀自吟唱不已，乃至于绵绵不绝……

这是我第一次听明月弹琴，听他唱歌。虽然，他在这方面的名声和阅历大家早就知道。此刻想起来，来往这么久我们竟从没有要求他弹唱一个，估计明月是憋坏了。他甚至连个谦虚的机会都没有，比如说"我唱不好"，或者说"我已经很多年没有摸过琴了"。而现在他不请自弹，显然是因为小白，这他妈的不就是向小白献上一曲吗？虽说小白并不知晓——从她所在的位置看不见明月。我觉得明月真的太天真了，好浪漫呀，就像一个大学生在心仪的女生宿舍楼下弹琴唱歌，就有那么浪漫，就有那么愚蠢。

没敢多看明月，更没有和他打招呼，去完厕所我回到二楼，在原来的座位上坐下。讨论仍在继续，我却有点分心。从我所在的地方越过身后的栏杆，可以看见下面的明月。他仍然弹拨低吟不止，并且一次也没有朝上面看。除了我，并没有人发现明月不在了……

后来，我再一次被鲁南、小白的讨论所吸引，忘记了楼下的明月，可那乐声始终是存在的。

正是在这里，我产生了某种幻觉，因为这时明月已经上楼来了，就坐在我们中间，烛光明白无误地映照着他那张可说是英俊有加的面孔，可，仍然有人在弹唱。

不可能吧？当时我回头看了一眼楼下，明月坐过的那把椅子上已经没有明月了，也没有其他人。那把椅子上放着一把吉他，感觉上是那吉他自己发出了声音。我看明月，再看楼下的椅子和上面的吉他，来来回回看了好几次，乐声和吟唱终于停止了。鲁南和小白的讨论也到此结束。

这件事今天我是第一次说。无论当时还是后来返程，我都没有对鲁南、小白他们说起过。因为实在诡异，说了他们也不会相信。

## 16

那次扬州之行也有成果,彭燕成了我的女朋友。现在,她来南都都是一个人来了,不必跟随小白。鲁南自持,彭燕独自前来他一般不出面,林元忠之类的也不见踪影。王峰这时已研究生毕业,去了北京,据说混进了影视圈,成为某著名导演的文学顾问。八成离开了南都也就离开了诗歌和文学(纯文学)。

只有明月,一如既往地前来招呼、陪伴,充当我们的电灯泡。他接送彭燕,安排住酒店,陪着喝酒、聊天并且买单。我对自己说,他这么做实际上是为了小白,招待小白的闺蜜那还不就等于招待小白吗?

我把责任推给小白,接受起明月的安排来就轻松了很多。我也的确需要明月这么做,一来,我的接待能力有限;二来,我和彭燕仍处在某种"探索"阶段。我仍然没有最后拿定主意。说实话,彭燕给我的感觉和齐齐完全不一样,这是一个能做老婆的人。但我真的想结婚吗?说到结婚,这婚又不是没有结过。

于是便开始了众多的三人行。三个人一起游览郊外的风景区,访名胜,坐索道;三个人一起走进市中心的商业区,逛商场或者打保龄球。夜市一条街上通宵营业的小饭馆里更不用说,明月陪着我们干熬,我滔滔不绝,明月反倒缄默。但他并没有丧失一个节目主持人的本能,当我说不下去的时候,明月总能咕噜咕噜地冒出一堆话,既打了圆场又开启了新的话题。

记得一次深更半夜,在一家烧鸡公,已是凌晨四点过了,店里已经没有其他客人。那锅反复涮过煮得乱七八糟的烧鸡公也已冷却,明月招呼店家再次点上火,火锅再次沸腾的时候,关在屋外铁笼子里的还活着的公鸡竟然喔喔喔地啼叫起来。此情此景真是让人百感交集、一片虚无。记得当时我说:"这个世界是颠倒的,完全是颠倒的,一切都是颠倒的,颠倒了……"连我自己都不知道是什么意思,彭燕就更加茫然了。明月接上话茬,一通解释,并联系到眼前的烧鸡公以及外面的大公鸡,可能还联系了我和彭燕的现实处境,居然被他解释通了。

明月解释的具体路径和逻辑,我已经记不清了,只记得我说:"明月你说得太好了,太对了!就是这么回事,难道不是这么回事吗?"

"不不不,"明月道,"是你说得太好了。这个世界是颠倒的,完全就是一句诗啊!但同时,又是真理。真正的真理一定是包含在不朽的诗歌里的。彭燕，你得记下来，一定得记下来，以后碰见不顺心的事多念几遍：这个世界是颠倒的，这个世界是颠倒的，这个世界是颠倒的。我包你的世界观还有人生观会改变，三观都会改变……"阿弥陀佛，明月的这些话我还记得。

所以说，明月的贡献不仅是买单、免于冷场，他的"陪功"了得。能陪你一直坐下去，直到东方发白，化腐朽为神奇。

当彭燕成了我正式的未婚妻后，我始终在想一个问题：是应该感谢明月呢，还是应该诅咒此人？


## 17


一次深圳有一个诗歌活动，我叫上了彭燕，因为她长这么大还没有见过大海呢。明月闻讯，也要求陪同前往。这又不是在南都，我们并不需要他陪，况且我和彭燕的关系已经越过了某个关节点，明月的陪伴已无意义。可明月执意要去，并表示三人的食宿机票他来安排。我说活动方已经给我们安排了，明月说"那我出自己的费用，绝不会给你们添麻烦"。又说，"反正最近我得去深圳一趟，就算我们在深圳街头偶遇，他乡遇故知岂不快活？"如此一来我不好再说什么了。

我去深圳是诗歌活动，彭燕是为看大海，那么明月呢？后来我恍然大悟，他是为了见向静，也就是向姐。向姐就是他的大海呀！

明月深知我和向姐的关系，也知道我去深圳实际上就是为和向姐等老朋友相聚，参加活动只是一个借口。没有诗歌活动，我甚至没有前往深圳的费用，而明月没有我，也不可能受到作为向姐诗友的向姐的接待。大致就是这么一种逻辑关系。

半空之中，明月兴奋不已，一直在唠叨他多次前往深圳的经历。

极光酒吧他每次都去，有两次还远远地看见了向姐的身影。正想过去打个招呼，没想到向姐不见了，就像是故意躲着他一样。"你说向静是不是故意躲我？也他妈的太蹊跷了，我眼瞅着她去了洗手间，就在外面等她出来，等了快一个小时也不见人出来，我只好进去了，洗手间里根本就没人！极光的洗手间是不是有后门……"

这完全是一种粉丝心理。我心里想，去深圳见向姐，带上她的一个铁杆粉丝也不错呀，况且这粉丝非同一般，人品出众，也很了解诗歌，或者说了解诗歌圈。拿得出手的。估计向姐一定会感到意外之喜，会很开心的。

我说："向姐可不是小白，气场大多了，她比小白大了有一轮还不止……"

"这样的女性不怕老，"明月说，"越老越美。要说白炀一比向姐差了点什么，就是太年轻了。"

"OK，OK。"我说。


## 18


果然，我只花了一个晚上参加了活动的诗歌朗诵环节，花了一个半天陪彭燕去了一趟海边，余下的时间都泡在极光酒吧里了。向姐自然出现了，深圳其他的朋友也闻讯而来。向姐也有一个圈子，只不过她的圈子比南都的圈子更庞大，人员也更杂。

我的右手坐着彭燕，左手坐着明月，感觉上就像南都方面的代表团。明月终于如愿以偿，向姐和他近在咫尺，隔着一张半米宽的桌子，把酒言欢。深圳人习惯于手握一支500ml的啤酒瓶，说话时不停地瓶颈相碰。不说话，为了表示我们是一起喝酒的哥儿们，自己喝以前也会用手中的瓶子碰一下对面或者左右人的啤酒瓶。这个动作极好模仿，有很强的传染性，明月瞬间就学会了，瓶子碰得比主人还要来劲，我的一侧不断发出叮叮脆响。

向姐不愧是向姐，情商绝对。论冰雪聪明向姐不如小白，但就待人接物的周全、诚恳而言向姐显然更胜一筹。她尤其照顾第一次见面的明月，说话时不仅目视对方，还问了他很多问题。比如有没有孩子，写不写诗，干什么工作。这些问题连我和鲁南都没有问过，大概觉得太日常琐碎了，不免庸俗，此刻向姐问起来我才觉得十分必要。

明月说他有一个女儿，由孩子她妈照顾。关于写不写诗，明月回答得很含糊，他说："有向姐写就可以了，我主要是阅读，读向姐的作品……"

至于工作，明月说他在南都市地震局上班，由于不思进取，资格也比较老，所以没有人管他。这就解释了明月为何有大把的时间和我们泡在一起。但有一点却令我更加疑惑不解，明月也就是个一般的公务员，平时他的开销来自哪里？他可是圈子里的买单王呀……

那天明月喝了无数啤酒，不免酒后吐真言，后来就有点借酒撒疯了。也不是借酒……十点以后，昏暗不明的极光吧里，出现了两个白衣少女，手上托着一个盒子之类的东西，来回转悠了几次。

"她们干吗？"明月问。

"卖东西。"一个深圳的哥儿们回答。

"卖什么？"

"烟，很贵，五十块钱一支。"

向姐起身，欲请白衣少女离开，明月却拼命招手，非让她们过来不可。我终于看清了那木头盒子，做工极为考究，里面整齐地排满了香烟；不知何处射来的光线照射下，那香烟就像子弹排在子弹匣里似的，放射出毫光。明月道："给在座的每人上一支……"说着便去掏钱包。向姐比他更快，变魔术一样变出一张一百元的，塞给少女之一。她取了一支烟递给明月，又一推对方说："不用找了。"动作十分连贯。看来这样的事向姐干过不止一两回了。

向姐的反应证明了我的猜想，但真正证明那烟非同一般的却是明月吸食后的状态，他突然开始攻击我。

"老秦，唉，怎么说呢，这人太不好玩了。"明月边抽边说，"太正儿八经了，啥也不会，只会写个破诗！"

"你们不是经常一块儿玩吗？"

"我们是经常在一块儿玩，但不带他玩。他就是来了也不参加，那不是添堵恶心人吗？"

"说说看，你们平时都玩什么？"向姐试图把话岔开。

"什么都玩，踢球啦，打斯诺克啦，落袋也打。我们还开卡丁车、打保龄球、打壁球、骑马、飙歌、打游戏、去洗头房捏脚。秦也适啥都不会，啥都不玩！"秦也适是我的名字。

"呵呵，你们的业余生活还挺丰富的嘛。"向姐说。

我说："是挺丰富。我也是第一次听说有这么多项目……"

"你就别装了！"明月突然瞪着我说，"哪次没喊你？后来都懒得喊你了……写几首破诗你就觉得了不起了吗？你能有向姐写得好吗？向姐还自己开酒吧呢，你，你，你整个儿就是不劳而获……"

越说越不像话，越说越不像明月。开始我还是很生气，但转念一想也就想通了。的确有这么一号人，在"外人"面前大贬朋友，玩笑会开得很过分，我遇到也不止一两个了。他们的潜台词不过是：你们把秦也适当个人物，当回事，可我跟他太熟了，这家伙的狐狸尾巴都攥在我手上呢……再说明月和向姐也实在没什么好说的，不拿我开涮明月又能聊什么？

这么想了一番后我就镇定下来，笑脸相迎明月的唾沫横飞。但向姐很尴尬，我毕竟是她多年的老朋友了，在她看来我和她才是"自己人"，突然冒出来的明月不过是初次见面。如果说内外有别，明月自然是"外人"了。

向姐的脸色越发不好看，想起身走开，又怕我招架不住明月的诽谤，只有拿眼睛死死地盯着明月。向姐的那双眼睛一向有名，大而深不说，即使上了岁数，向姐的眼皮也不见丝毫的耷拉。这么说吧，向姐的眼睛就像是竖着长的，有如二郎神的第三只眼，向姐却有两只。坊间流传一种说法，向姐的眼睛就像是精神病人的眼睛……总之，这双眼睛不仅美丽，而且具有极强的杀伤力，无论是在爱或者恨的场合。此刻这样的一双眼睛就看着明月，同时向姐说道："你不可以这么说老秦！"

明月愣了一下，然后哭了起来。

"老秦，我爱你！"他抽抽搭搭地说，"我，我也爱向姐，你们就像是我的父母，你是我爹，你就是我妈。我妈好啊，一辈子伺候我爹，伺候我们兄弟两个……我爹你算个什么东西！整天正儿八经的，还真以为你是祖国的栋梁了啊？干吗不放松一点，不说句人话？我怎么啦，不就是没在你指明的康庄大道上走吗？啊呸！你犯得着跟我较劲吗？有一个儿子随了你还不行啊？老子就这么过一辈子，有音乐，有诗歌，有酒，有女人，你这辈子估摸着只有我妈一个女的吧……"

在场的人都听出来了，明月并不是骂我，是在骂他老爸。借酒撒疯这回撒得远了。也不是借酒，不是借那支烟，而是借我秦也适，骂他亲生父亲。关于明月的家庭和出身我基本一无所知，所以最终也没听出个所以然来。当然了，也可能是在向姐那双大眼的逼视下，明月心慌了，此举不过是转移目标。

## 19

我去北京会彭燕，这一回，明月就没有理由跟随前往了。

但在北京，我还是见到了他，就像明月说的，我们他乡遇故旧了。

不能完全肯定明月是冲我去的北京，八成他是冲小白来的，总之看见此人我的确感受到了某种异地见老友的意外之喜。明月说："我来北京已经荡了一个星期，专门守你来着。"这当然是开玩笑。随后他开始联系小白，可惜小白去了外地。明月不罢休，打了一圈电话，最后把从南都过去"侨居"北京的几位都叫上了，包括久未谋面的齐齐，以及王峰。明月组了一个侨居或者旅居北京的南都人的场子。

一帮人到齐，王峰抬头一看，发现我住的是一家很便宜的快捷酒店。他似笑非笑（当然还是笑）眨巴着眼睛对我说："师傅，你住的地方也太那个点了吧？"

王峰什么时候冲我叫过"师傅"？我什么时候有过他这么一个徒弟？在南都的时候，他和鲁南走得比较近，和我大有敬而远之的意思。因此我非常迷惑。大约十分钟后王峰走过来说："师傅，这两年我混得还行，一直没有机会感谢您的栽培，这回擅自做主，在喜来登酒店给师傅订了一个房间，也算是尽一份孝心。请师傅、师母一定笑纳！"

我和彭燕自然拒绝，但架不住一帮人起哄，最后只好搬去了五星级的喜来登。一路上包括入住后，我始终在想：王峰到底是什么意思？也没想出个所以然来。

喜来登的客房于是便成了我和彭燕的"新房"。饭后大家开始闹新房（晚饭比较简单，因为重头戏在后面）。当然是王峰主导，明月积极配合。王峰说："明月可不是现成的婚礼主持人吗？"在王峰导演、明月的主持下，我和彭燕脱鞋上了席梦思大床，当然没有脱衣服。那床宽大无比，而且非常柔软，犹如波浪起伏的海面。王峰又跑过去调节房间里的灯光，关掉几盏灯，打开了另几盏，之后拿出一个数码相机，对着我和彭燕狂拍不已。

齐齐竟然也带了一个相机，这时也举起来，和王峰并肩而立。两部相机的闪光灯哗哗啦啦闪个不停。

"还缺点什么。"王峰说，之后用眼睛四处寻觅。最后他说："有了！"跑过去，打开电冰箱，取出一只易拉罐，也不知道是啤酒还是可乐——这已经不重要了。王峰拉开易拉罐，喝了一口，放回冰箱，带着被拉掉的拉环就过来了。王峰把拉环交给我，说："权当这就是戒指吧，你得向师母求婚啊！"说完他再次跑回原来的位置，和齐齐并排站在一起，双双举起照相机。于是我便坐在晃荡不已的酒店大床上表演了求婚，彭燕则表演了接受我的求婚。易拉罐拉环终于套在她左手的中指上了。

大家快乐得不行，我总觉得这种游戏太低幼了。而且我一直纳闷，王峰到底想干什么？回到南都后不久，北京方面传来消息，王峰和齐齐谈恋爱了。

原来如此！

想必当年对齐齐有所心动的不只是我，王峰也瞄上了齐齐。后来他俩一前一后去了北京，由于北京太大，也没有任何理由，两人始终没有再见过。这次我来北京，明月积极张罗，不禁给王峰创造了机会。认师傅、请我住喜来登王峰不过是想乱中取事……这哥儿们太贼了！

那么齐齐呢？是否是因为受到了某种刺激才答应王峰的？面对自己的前男友（明月）和前"暧昧对象"（我），而且，后者已经有女朋友，马上就要结婚了。

那天除了蒙在鼓里的彭燕外，其他几个人的关系都颇为复杂，而在具有复杂关系的人中间，比较光明磊落的人大概就是明月了。光明磊落也就是于事无心，或者说就是无心，因此他的表现并没有给我留下深刻印象。能让我们记住的难道不都是一些不堪、可笑、刺激或者可怕的事吗……

对齐齐和王峰谈恋爱，明月也没有任何特殊反应，似乎还挺高兴。为王峰高兴也为前女友高兴。"南都去北京的孤男寡女，终于可以互相做个伴了。"这是明月的原话。这真是一个光明磊落、无心乃至于无情的人啊。

后来（大约一年以后），王峰和齐齐分手了，齐齐似乎受到了很大的伤害。从王峰在北京购置的房子里搬走的时候，齐齐将地板全都撬走了，因为地板是齐齐花钱铺的。两人闹得很厉害。明月前往北京为二人说和，使事态没有进一步恶化下去。这就不是一个光明磊落的问题了，按鲁南的话说，明月是吃饱了撑的，整个儿就是一傻×。我表示附议。

## 20

彭燕和我领证了。她辞了在北京的工作，搬来南都，从此和我生活战斗在一起。我成了一位已婚人士。

我们另租了一处房子住，原先的"老宅"正式成了我的工作室，就是那套床垫直接放在地板上的房子。彭燕过来要帮我收拾，换点家具什么的，为此我们第一次吵了架，从此以后她便不再过问我工作室的事了。工作室便成了我的一块"私人领地"。

我虽然穷，但也有我的奢侈，就是不能在家里写作。以前和前妻在一起的时候也一样，父母留给我两套房子，后来离婚了，其中的一套便给了我前妻。二婚的时候我没有两套房子，只能再租一个地方安家。从老婆身边起床，看着或听见她在房子里走来走去，我一个字也写不出来。这些就不去说它了。但我的确又是个居家的男人，每天早出晚归，下午六点半最多七点必然到家，就像从单位下班一样。届时，彭燕已经做了一桌菜，怀抱欢欢（她来南都后我们领养的小狗），坐在沙发上边看电视边等我。灯光明亮，屋子里一尘不染，飘荡着些微炒菜余留的油烟气味（还没有完全散去）。这一切都让我的感觉良好。

大概就是从这时起，我不怎么和鲁南、明月他们聚了。鲁南还见得多一些，毕竟他也写作，在一些有关的活动中总能见到。和明月则很少碰面，倒是不时有他的消息，所以也没有觉得特别疏远，只是直接的"见证"少了。

听说他在艺大（南都艺术大学）兼职代课，讲授电影写作，也就是写剧本。我真不知道他在这方面还有研究，但也不奇怪，明月就是一个文艺青年，有关文学艺术的一切、方方面面他都来者不拒。音乐、诗歌、文学、电影，现在是电影写作，再加上他当电台节目主持人时锻炼出来的口才，我觉得明月是完全可以胜任的。这也让我想起另一个问题，就是明月的收入。经那次在深圳向姐提醒，我开始担心起这个买单王的日常开销。看来他除了本职工作，这些年一直都在兼职（干音乐节目DJ亦是兼职），多了一份兼职在他也是顺理成章的。

明月总是给我们这样的印象，兼职就是他的本职，而他真正的本职却不足挂齿。自从认识明月，我就觉得他是音乐台的DJ，如果谁说他在地震局上班，一时半会儿我肯定反应不过来。而现在，大家都知道了，明月是艺大的老师，教授电影，只有我们这些"老人"知道他其实是电台的音乐节目DJ。他现在还在电台干吗？没有人知道，因为我们从来不听收音机。也许五六年前，明月开始和我们混的时候，已经不在电台干了。

我能想象出明月对他的学生特别好，就像哥儿们一样，经常请穷学生吃饭，然后趁机灌输一些有关文学、诗歌或者音乐方面的观念、信息。当然他也会聊电影，不免天花乱坠，从高深的理论到名导大师的生活轶事。当年，他就是这么和我们聊音乐的。我和鲁南，包括圈子里的王峰之流，自然不吃明月这一套。但土牛木马的艺大学生就难说了，不说如闻天籁，至少也接受了一把难得的启蒙。一次鲁南不无兴奋地告诉我，明月在他的课堂上经常会聊诗歌，"主要是聊我和你的诗。"他说。

"哦，哦……"

也许是因为我尚未脱贫吧，还是更愿意谈谈明月的收入。我说："明月兼职是多了一些进项，但也备不住这么请啊。"

鲁南说："一来我们这边的聚会少了，明月需要买单的场合少了，就结余下来；二来，穷学生嘛，在学校门口的小饭馆里就解决了，花不了多少钱。"他还说："这就叫取之于民用之于民。"

过了一会儿，鲁南的语调转而神秘，对我附耳低言道："他那鱼塘里的美人鱼不要太多……"

鲁南的意思是，这根本就不是钱的事，明月的目的也不是启蒙，"播撒革命火种"，而是为了找女朋友。果不其然，后来就传出了明月谈恋爱的消息。

齐齐以后，这是明月第二次高调宣布自己的恋情——不高调也不会传到我这儿。据说小瞿是双性恋，明月发誓要凭他的一己之力把对方掰直。

听闻后我很不以为然。师生恋已经够出格的了，现在还来了个双性、掰直什么的。我觉得明月越来越不长进了，和那帮小孩有什么好玩的呀，他以为他才十八岁？赶什么时髦啊！

我的反应传到了明月的耳朵里，有好事者又带话给我，说："明月也说你了。"

"他说我什么？"

"明月说，秦也适不知人间疾苦。他的问题是解决了，可我们呢？当年老秦和我们玩，就是他的求偶问题没解决。我们不一样，就算问题解决了，也会永远玩下去，玩到老，玩到死！"

能说出这种话来的人轻浮到了什么程度？因此不再见面我也不觉得有什么遗憾。

再后来，明月和小瞿分手了，也没听说明月有多大的痛苦。他又说了："人本来就是双性的嘛，只能说明我掰岔道没有掰成功，拯救失败。并不是你们认为的失恋。"

这样的人还有什么可说的？我觉得明月完全是另一个世界里的人了。也许他本来就是另一个世界的人。

## 21

也不是完全见不到明月。偶尔，也会有小白这种"级别"的外地朋友来南都，大家不免欢聚一堂。从他们的角度看，南都还是以前的南都，仍然比别的城市好玩。殊不知我们纯粹是因为他们来了才聚在一起的，如果他们不来，一年半载也见不上一面。

气氛大不如前。这么说不涉及规模，也不涉及娱乐项目。规模甚至比以前更大了——明月经常会带几个他挑选出来的学生，说是过来见见世面；而项目只会比以前更多。当年在深圳明月对向姐说起的那些项目我已经闻所未闻，现在又加上了打桌游、密室游戏、彩弹射击什么的，我更是如坠五里雾中。我说气氛大不如前主要还是指明月和鲁南的状态。以前，这个圈子是以鲁南为核心的，我在一旁辅佐之。现在圈子的核心仍然是鲁南，明月从旁辅佐。以前，我们的圈子主要还是谈诗歌文学，男女是附带话题，而现在基本上没有人聊文学，话题一转就奔下半身去了。

还有一点，男女之事以前虽然谈得不多，但大家都具有实干精神。现在是相反的，鲁南和明月只图嘴巴上过瘾，"实事"则很难说了。比如明月和小瞿的绯闻，我总觉得这里面有华而不实的成分。

如梦令酒吧里，这两个家伙并排而坐，面对来人（外地朋友），脸上的笑容暧昧至极。

"最近怎么样啊？"来人问。

"什么怎么样，"鲁南答，"你指哪方面？"

"还能是哪方面？写作不用说了，你现在已经是大师。业余生活，业余生活那方面怎么样？"

对方也是个察言观色的角色，知道鲁南的兴奋点所在，所以故意把话题往特定的方向引，无须明说。鲁南早在那儿等着了，也不正面回答，看了一眼边上的明月，问道："我们现在那方面怎么样？"

"怎么说呢，"明月略加沉吟，然后说道，"我们，我们现在整个儿就是一妇女用品。"

如果不是我亲耳所闻，真不敢相信明月竟然会说出这样的话来。真他妈的太轻浮了，太无耻了！虽然他也算是我的老朋友，这么说不过是想幽默一下，但我还是觉得非常丢人。

自然引发了一阵爆笑，来客或者贵宾笑了，明月和鲁南笑了，所有在场的人都笑了，连我也笑了。不笑都不行。不笑大家又能作何反应？鲁南和明月深知这一点，在大家笑得不能自已的时候，我注意到这对活宝还交换了一个眼神。

显然，他俩是排练好的。或者，没有任何排练，但彼此的默契已经达到了这样的程度。来客明明问的是鲁南，鲁南却让明月回答。明明问的是鲁南的个人生活，却被鲁南偷换成了"我们"（他和明月）。明明问的是生活，明月却直奔主题，一下子就挑明说到底了（无法再说），他们是"妇女用品"……

笑完之后，两个家伙更加兴奋，一唱一和又说了很多。我难以再待下去，借口彭燕为我守门，站起身来告辞。鲁南挽留，他说："我们谁没个老婆，我还有两个儿子呢，一大家子……"明月道："我没有老婆，但也有人，胜似老婆，我也有个女儿……"

环顾四周，我发现如梦令里的陈设以及桌子、沙发都没有任何变化，但吧台上不知何时放上了一只大号的招财猫。天花板上垂落下大概是婚礼或者公司拓展聚会时留下来的彩带片段。楼板上传出嚓嚓的脚步声，嗡嗡的舞曲音响声顺着楼梯一路滚落……如梦令的二楼如今已开放给人跳交谊舞了。

"我建议你们以后换个地方。"这是那天我在如梦令说的最后一句话，之后就坚决地离开了。

身后，我听见明月大喊："来来来，我们玩一把'杀人'！"

## 22

还有一次见明月，并非是聚会，也不是晚上。大白天，中午时分，我陪彭燕去德吉广场购物，在大厦里找了一家茶餐厅吃饭，忽然就看见了明月。除了明月还有他女儿，甚至还有明月的前妻。这一次我大有收获，将明月一家都看全了。

明月是这么介绍的："噢，这是我女儿，这是孩子她妈。"

孩子她妈身穿职业女装，长相相当标致，这是我没有想到的。如果不是满脸严肃，我又会觉得她和明月是天生的一对，甚至比当年齐齐和明月站在一起还要般配。问题就出在她的严肃或者"一身正气"上，不苟言笑，训练有素（我形容不好），十分礼貌而淡淡地和我们打了一个招呼。反观明月，则是一副吊儿郎当的文学青年的装扮，从桌边站起时那只斜挎着的帆布大包遮着屁股，甚至垂落到了大腿上。他们就像两个世界里的人，难怪明月会和孩子她妈离婚呢。

当时他们已吃好了，明月前妻站起来正准备离开。和我们打完招呼她立刻就走了。临走叮嘱明月，她三小时以内过来接人，让明月监督女儿把作业做完，之后，"才能让她疯"。桌子上摊着女儿的课本和作业本，小女孩咬着写字笔笔杆，头也不抬地和她妈妈拜拜了。

"今天轮到我……"明月含糊不清地说，然后就让女儿叫伯伯、姐姐。伯伯自然是我，姐姐是彭燕，他让女儿这么差了辈分地叫是故意的。可惜小女孩体会不到明月的幽默，十分顺从也可以说是十分应付地头也不抬地就叫了"伯伯，姐姐"。

我们在那张桌子的桌边坐了一会儿，说了几句"你女儿真是太可爱了"之类的话。明月把话岔开，想聊点别的，但马上意识到，只要有他女儿在场，后者必然是话题中心。他也不勉强了。

但他也没有督促女儿做作业，索性和她说起段子来（表演给我们看？）。

明月对女儿说："爸爸问你，主持人是怎么死的？"

女儿想都没想回答道："韶死的！"说完嘎嘎嘎地笑开了。

明月跟着开怀大笑，完了问女儿："不韶是不是就不会死？"

"那也会死，但不会韶死，嘎嘎嘎嘎。"

显然这个笑话父女俩说过不止一次，已成了一个固定的节目，成了经典或典故。那天我真心觉得明月太有幽默感了，因为他就是电台节目的主持人，而且非常韶。能把自己编排进去并加以嘲讽着实令人刮目相看。

这时女儿倒果为因，问她爸爸道："韶死的是什么人？"

"主持人。"明月回答。

"嘎嘎嘎嘎。"女儿笑得几乎抽筋，刚刚收住又问，"韶不死的是什么人？"

"韶不死的就不是主持人。"

"那就不对了老爸，"女儿说，"主持人是韶死的，怎么又韶不死呢？"

明月明显愣住了，他说："赶紧做作业，做不完我看你怎么向你妈交代！"

"你就是回答不上来！"

我和彭燕去了另一桌，点餐吃饭。吃到半途彭燕突然说："小女孩把她爸给骗了，明月说的并没有逻辑上的错误。韶不死的就不是主持人,他并没有说主持人是韶不死的……"

原来,她一直在琢磨这件事。实际上我也一直在琢磨。

我们吃完结账,单居然又让明月给买了。他将我们送出茶餐厅,我和彭燕想要告诉他,实际上他没有犯逻辑错误,可明月不容我们插话,又韶开了:"我女儿学习成绩好,从来都是全年级第一……"

"那不太好了,但……"

"废了!废了!只晓得读书。你们算是看见了,一个笑话也要刨根问底,死抠逻辑,把我都给绕昏了,犯得着吗?不就是个笑话吗……"

如果你不认识明月,肯定认为他是在作秀。这年头的父母,谁不巴望自己的孩子成绩好、有钻研精神?就此而论,明月的确不是一般人。"唉,随她妈,没治了!"

"你前妻干什么工作?"

"中学老师,最近还兼了他们学校的教导处主任,太可怕了!这种人太可怕……"

# 23

这是我唯一一次接触到明月的家人。什么，前妻不算？我认为他们毕竟有一个聪明可爱的女儿，并且由于她的原因，离婚后两人经常见面。无论如何前妻也算是明月的背景吧？至于明月的父母和兄弟姊妹，我们就不得而知了。

《三个肉月亮》的选编已接近尾声，鲁南决定亲自写一篇序言，全面介绍明月和他不朽的诗歌。为此鲁南走访了明月文学以外的朋友（比如做音乐的），以及他的中小学乃至大学同学，这些人自然更了解明月的底细。

怎么说呢，明月绝对是他们家的一个异类，甚至是逆子，和他父亲从小打到大。这些就不去说它了。看看他们家里人的职业和社会身份，你就知道明月有多叛逆、多不容易了。

前妻我们已经知道，是某重点中学的教导主任。父亲是一家科研所的离休所长，科学家。母亲是离休政工干部。被明月呵护长大的弟弟已成长为一家中外合资企业的高管。总而言之都是正经人，都是"祖国的栋梁"。明月真不像是这样的家庭出来的人，或者，恰恰是这样的家庭出来的人——我说不好。最后明月跳楼身亡，在鲁南这样的人看来怎么说也是某种壮举（自忖做不到），而在明月家人那里甚至都不是背叛或者决裂（这早已是事实），而是完全没有必要多余的平白无故的羞辱⋯⋯

"好在版权不在他们手上。"鲁南不无侥幸地说，"原生家庭就不说了，他的前妻也只是前妻，涉及不到这方面的问题。"

"嗯嗯。"

"我们只需说服他女儿。"鲁南道，"年轻人毕竟不同于老一代，不应该那么保守，会因为她爸爸是一个伟大的诗人而感到骄傲的。"

"可惜，"我说，"明月家的人没读过明月的诗，就是读了可能也读不懂，不了解他在这件事上取得的成就。也不了解明月对他们的感情。"后一句话我是针对那首叫《愿景》的诗说的。

这首诗不比《女诗人》，完全是一流的，代表了明月作为一个大诗人的水准。我在想，写出这样的诗来的人死了，我们只会感到深深的悲哀，而不会有一丝一毫的怨恨。只会无比地惋惜，完全彻底地原谅⋯⋯

# 愿景

我死了以后

爸爸妈妈活在过去之中

仿佛在一道高高的围墙里

生下弟弟和我

辛苦操劳，时有欢乐

那条叫作蓝旗街的街道

依然浓荫密布

煤气站、粮油店、烟酒杂货

挤在有些歪斜的路边

我死以后的一个下午

弟弟被人打破了头

逃进南都理学院的操场

大喊我的名字，面朝奔涌的人流

他高三时认识张萱后

恋爱六年却分手

经历各自婚姻曲折

最后终于生活在一起

在旁边，我把这一切看得异常清晰

好像发生过很多遍的事情

我希望死了以后

仍然可以记住

婴儿般初降的幼小清晨

阳光热烈地闪耀


《愿景》写于明月跳楼前十年。明月看见了他的出生，也看见了自己死后。生死合成在一个同一的景观里，可谓虽死犹生或者虽生犹死。那时候离他最终的决定还早着呢，明月是如何获得这一视角的？实在令人费解。

十年的时光飞逝，我对这一时段的明月几乎没有什么记忆，因为基本无接触。平时也不会想到他，除非有事找对方帮忙。我曾找明月修过一次电脑。其实也不是找他修，是找他帮我找人修，520之类的"技术人员"早就不知道去哪里发财了。"我们写作网"业已荒芜，没有人上了，甚至连域名都不复存在。明月拿过来一台他自己用的笔记本电脑，让我用，把我的台式电脑搬走了，说慢慢找人。早知如此我还不如去维修店解决呢，本想图个方便没想到更加麻烦。

我要说的事不是修电脑，而是，明月把我的电脑搬回家，竟然打开了里面所有的文件夹。明月将我二十年来所写的文字都拷贝了，并加班加点地阅读。这就不地道了。更不地道的是，他还把自己的这种不道德的偷窥行为特地打电话告诉我。明月喜滋滋地说："我终于看到你的草稿了，知道了一首诗是如何从一个想法直到最终完成的。所获甚多啊！"

我自然很生气，说道："你知道这些有鸟用？你又不写作！"口气很不友好。明月没有反驳我，说他也写诗。其实那会儿他已经自印了诗集《窟窿》，并且早就悄无声息地给过我了。

明月讪讪地挂了电话。

我在脑海里搜索，还有什么更隐私的东西或者真正隐私的东西存在电脑里？当年和齐齐的来往是否留下了只言片语？当时陈冠希的"艳照门"正被媒体一通爆炒，可能这也是我没有把电脑送去商店维修的一个原因吧，一种潜意识。没想到碰见了明月这号人！

显然我多虑了。本人既不是大明星，也没有拍艳照，明月更不是那种别有用心的小人。他不过是想学习诗歌写作，窥探另一个诗人如何工作。这当然是对我的高看。明月最多也只能算是"偷艺"吧。

可我还是很后悔。不是当时后悔，是现在后悔。

明月的笔记本电脑就放在我的桌子上，我为什么没有反过来也偷窥一下明月？很可能他和我交换电脑就是这个意思，想让我看看他写的诗。明月写的诗就在桌面上的某个文件夹里，一点就开。是否真的有这个文件夹的存在，我就不知道了，但按逻辑推论，一定是有的。没准明月特地致电我，告诉我他偷看了我的诗，其目的就是提醒我效仿之，也偷看一把他的诗。而这些诗的的确确属于明月的隐私，不可告人，或者不可大张旗鼓明目张胆地告人。明月多半想让我在不经意间，甚至是十分偶然地读到他那些诗，然后拍案叫绝……他终于等到了这一天，然而为时已晚。

交换（换回）电脑那天，我要求明月，把他从我电脑里拷贝的所有内容通通删除，并且不得向任何人描述相关内容。明月满口答应，交出了一个U盘，眼神却闪烁不定。因为我没有做出相应的保证，也没有U盘要交给他。他的诗显然我一首没读，甚至都没有发现它们的存在。最后明月让我把他的笔记本电脑留下，说他还有电脑，我总得有一台备用的，带着出差也方便。盛情难却，尤其是我拗不过他那祈求的眼神，就把那台笔记本又带回工作室了。明月想的大概是，总有一天我会发现桌面上的公开秘密，也就是他的那些诗……

那台笔记本我再也没有用过。

十年来，用过又被我淘汰的电脑少说也有六七台，包括笔记本电脑。这些旧电脑就堆放在我工作室的某处，后来陆陆续续被我处理掉了，送人或者寄往边远山区的希望小学。明月的笔记本和他不朽的诗歌亦在劫难逃。

## 24

过去的十年，另一件值得一提的事就是我和鲁南成名了。当然，在小圈子里我们早已名声在外，我说的成名是被外界认可，在更大的范围内被接受、评论，拥有一批所谓的"粉丝"。其物质标志就是出书。

这之前我只正式出版过一本诗集，鲁南好点，大概出过两本。可这十年里我们出书的数量是以前的十倍计，我出了十几本书（包括诗集），鲁南诗集加上随笔散文出了有二三十本。

出书本来也算不上什么。正逢我国出版业的黄金时期，老"我们"中几乎所有的人都出书了，王峰、林元忠不用说，甚至连庆总也出版了他的奋斗史。但出一本和出二三十本是不可同日而语的，自费出版和出版社的邀约也无法相提并论。我和鲁南自然属于后者。这帮人中唯一没有出书的大概只有明月，但他也没有闲着。

持续至今的宣发模式十年前就已蔚然成风，出书就得搞首发式、做活动，而做活动就需要主持人。明月自然就成了我们这帮人活动时当仁不让的主持人。

地点一般都在南都的文化地标先锋书店内，最高峰时先锋一年要做四百多场活动，平均每天一场都不止。明月从担任这帮人的主持开始，后来竟成了先锋的第一主持人，或者首席主持，绝对是首选的主持人或者是主持人A角。主持内容也不再限于诗歌、文学，一切和文艺有关的书籍出版举办活动时都少不了明月。影视、艺术、音乐，历史、建筑、哲学，甚至美食和旅行，明月无所不通。他原本就有电台主持节目的经验，再加上高校授课的历练，再加他几乎已成为本能的韶，自然是无人可及。我觉得明月找到了他真正热爱并擅长的工作，说是事业也不为过。这帮朋友大概也是这么看的。并且由于主持工作频繁，主持费也应该赚了不少，我再也不必为他是个买单王而担忧了。

由于这一原因，我和明月见面的次数也有所增加。我平均每年要出一两本书，也就是说在先锋得做一两次活动，再加上为鲁南等朋友出书站台，先锋的四百多场活动怎的我也得参加七八次。每次自然都有明月。他虽然不可能主持全部四百多场活动，但"我们"的活动是必到的。明月不仅是先锋的首席主持，更是（首先是）我们这帮人的御用主持。一时间彼此都风光无限。

我们的关系也的确有了变化。在他看来，可能会觉得我已成名成家，不像以前那么亲近了。而从我这头体会，明月现在就是一个主持人，非常具有职业派头以及专业作风，连他不主持的时候在下面闲聊两句，明月也显得那么冠冕堂皇、滴水不漏。我和他的关系完全就是和先锋书店驻店主持人的关系。

一般活动前五分钟我才到场。抵达后并不马上进书店，而是要在先锋门口抽一支烟。这会儿老板华大千和主持人明月已经在路边候着了，明月会说："就等你了。"但我抽烟的时候他还是陪着的，也很勉强地抽了一支。明月抽烟一贯是礼节性的，没有烟瘾，他说过抽烟对嗓子有伤害，是他们这行的禁忌。以前我没有深究，现在反应过来，他说的这行原来是主持人这行。

我一根烟抽到三分之一，明月则刚抽了两口，就把一整根烟当成烟蒂扔在地上踩灭了。之后他一甩袖子看一眼手表说："到时间了。"抬头一看，连店主华大千都没有着急。此人是个摄影爱好者，正举着相机给大家拍照。明月早已主持人附体，但不再说活动的事，而是招呼所有的嘉宾排好，活动前来一张合影。他忙着指挥，非得让店门头上的"先锋"两个大字以及书店的Logo入画不可，还得把当天活动的海报拍进去。我叼着香烟也不行，让我掐灭，男女还得错开了排，高个子的站后排。当然最重要的是活动的主角（出书者）、重量级嘉宾和华大千必须站在中间。总之一番折腾，之后由明月率领，浩浩荡荡地步入先锋书店，前往早已准备就绪的专门的活动区域。

如果途中我要上厕所，明月就会让整个队伍停下，自己则陪我去洗手间。大概也是监督的意思。

活动本身就不说了，那是明月擅长把控的环节和职责所在，自然错不了。行云流水，游刃有余，现场时而爆发出掌声和哄笑声。终于结束，我找到随身携带的双肩包想趁乱溜走，被明月一把抓住，摁在一张桌子边上签售。我说："我得去抽支烟，抽完再进来。"明月说："你签完了再去抽，我陪你抽。"为打击我的敷衍或者傲慢，他又说："买你书的也不多，也就卖出去十几本吧，最多二十本，三十本以内，五分钟就签完了。"

活动结束，华大千设宴，招待一干嘉宾。如果华大千有事，明月就会招待大家吃饭，自然也是他买单。每次我都会找个借口先告辞，除非是活动之前吃饭。如果是活动前吃饭，用时就会较短，也不至于十分铺张。而活动之后的晚宴想必又是一个活动现场，估计开始前明月又会韶叨一番，华大千也会讲几句，参与活动的嘉宾按头衔、资历排序，也都会讲几句。我没有参加过活动后的宴会，只是觉得明月会这么安排。也许我想错了。

在这样的活动上，我基本没有机会和明月单独说话，甚至没有机会多看他几眼。明月就是一个活动装置，无法聚焦，或者像固定在某处的一根柱子——我说不好，反正是某种既模糊又可以熟视无睹的结构性存在。只有不在了，你才会意识到有这么一个人，当其活跃于活动现场，你也不会觉得多了一件东西……

终于有一次我可以看清楚明月了。肯定不是我或者鲁南的活动，肯定是一位顶级名流或者大腕的活动，具体是谁我记不清了。反正明月的注意力不在我们身上，他前前后后忙得不亦乐乎，我得以从旁悠闲观察。

这一看不得了。我发现自己真的已经很久没有真正看见过明月了，他怎么这么苍老呀？已经完全是一个中年人。当然他本来就是一个中年人，但在我的印象中明月始终是一个青年，而且是未婚青年。这些都不是最重要的。关键是，我看见的可能是一个老年人，就像明月直接越过了中年来到了老年。他呈现的状态完全可以说是"初老"！

他戴了一顶线帽，我这才意识到这几年见到的明月都是戴着帽子的。夏天的时候戴棒球帽，春秋季戴鸭舌帽，现在是冬天所以他戴的是线帽。可能是这帽子太不合适了吧，于是引起了我的注意。紫红颜色，帽顶还有一个球。帽身很长，耷拉下来，在头顶堆了两层。如此帽不离头的中年男人，想必已经秃顶了，戴帽子是一种掩饰。

我想象了一下明月的秃头，和线帽下面的那张脸倒是不无协调。如果去掉帽子是一头乌发的话，反倒匪夷所思。也就是说明月的那张脸根本就是一张老人脸了。再看装扮，也变了。他穿着一件皮衣，而且不是真皮的，闪闪发亮，显然明月刚在上面打了蜡。牛仔裤依然故我，尽显明月的两条大长腿，但也只是膝盖以上的部分没有变，小腿上竟然裹着一双皮靴！皮靴也罢了，甚至皮靴的颜色也是紫红（大概为了和头上的线帽相配）也罢了，那皮靴的鞋跟竟然有三寸厚。好在不是细跟是粗跟，明月站着的时候就像踩在高跷上。我们这帮人中他本来就高，一米八几的个子，加上这三寸的鞋跟足有一米九多。我几乎需要仰视，甚为不适。而且明月还蓄了须，嘴巴上一圈包括下颏以及两腮都毛烘烘的一片。我在想，明月就差一个烟斗了。

总之明月的这身装扮很像一个艺术家，当然是被我们这帮人瞧不上的艺术家。他再也不是一个文学青年，拿腔作势，不伦不类，已经完全找不到北了。

明月自己也觉得尴尬，尤其是在我这样的老朋友面前，谁不知道谁呀。如果他没有表现出这种尴尬，我也不会心存怜悯的。时代在变，人也在变，没什么好说的。正因为我调侃了他的这身行头，说他像个踩高跷的，又说他的帽子和皮靴绝配，想必是花了心思琢磨；又让他摘了帽子看看是否真的秃了。明月面露羞赧之色，笑得胡子拉碴的老脸皱成了一团，"哎呀哎呀"了半天，不知如何回应我，我这才觉得了于心不忍。这在明月是从未有过的事，他凭借主持人的口才能化解任何尴尬，别说是自己的尴尬，就是毫不相干之人的尴尬（比如老权那次），也不在话下。那天的情形却极为反常，我拼命挖苦明月，期望他也能反唇相讥，这样我们就可以回到当初的"打情骂俏"，免得那么生分，那么正儿八经。明月竟然露出了祈求的眼神，意思是让我口下留情。

他真的老了。乱穿衣服是其一；其二，已无法做出应有的反击，即时反应不灵了。于是我就没有再往下说。这一回他的反应倒很快，马上就把话题转移到即将开始的活动上去了。

冬天的冷风吹拂着先锋门口的这帮人，大腕，嘉宾，华大千以及经理、店员，明月显得尤其孤立。高得不合时宜，穿得怪模怪样，缩头夹颈，尴尬地笑。这大概是明月留给我的最后的完整印象，也可以说是一个形象。


## 25


这几年鲁南的诗名如日中天，几乎所有全国性的诗歌奖鲁南都获了一遍，还获了一两个综合性的文学大奖。在他的张罗下，《三个肉月亮》的出版自然没有问题。鲁南答应出版方他将亲自作序、写推荐语、组织人手写书评。我们可以想象明月诗集的首发式在先锋书店举行，当然主持人不可能再是明月了。鲁南亦答应，届时他亲自主持。

一切安排就绪，就等印刷厂开机印刷了，这时出了一个问题，就是明月家属拒绝在合同上签字。

明月的家属自然是明月的女儿。鲁南也知道，明月这种死法岳岳是无法接受的，感情上受到伤害是肯定的。但他相信，岳岳毕竟年轻，最终还是会理解并原谅明月的。关于她爸爸是一位天才性的诗人岳岳一定会明白。鲁南之所以拖到最后才着手去办这件事（联系家属签合同），大概也是想给对方一个缓和或者缓冲的时间吧。

一天，他气急败坏跑来找我，将那份合同甩在我的电脑桌上。鲁南说："完了，完了! 功亏一篑! "

我问："岳岳不肯签字? 她还没有缓过来? "

"什么呀，这狗日的根本就没有离婚! "

"谁，谁没有离婚? "

"明月啊，还能是谁! "

也就是说，签字的权力根本就不在岳岳手上，而在明月的前妻——不，在他的现妻也就是岳岳的妈妈明月的遗孀那里。

然后，鲁南开始破口大骂明月是个骗子，把所有的人都给骗了。"自打和这狗日的认识，就说他已经离婚了，是个未婚青年。这他妈的多少年下来了？十年，二十年？狗日的又是谈恋爱，又是求偶，又是要把人给掰直，他他他，他妈的竟然有老婆！"

　　我当然也很生气，跟着鲁南谴责明月的种种不道德的行为——明明婚姻在身，却在外面寻寻觅觅。骂着骂着，我突然觉得不对劲，我这不是在骂鲁南吗？

　　鲁南也意识到了，赶紧说："我和他不同，谁都知道我有家庭，绝对是不可能离婚的。本人一向有言在先，一个愿打一个愿挨，明月的性质不一样，他简直就是一个诈骗犯！"

　　我想起了一件事，问鲁南道："你听他亲口说过自己已经离婚了吗？"

　　鲁南沉吟片刻："好像倒没有。"

　　"所以呀……"

　　"这就更可怕了。"鲁南打断我道，"他是没有说过自己离婚了，但给人造成的印象就是已经离婚了，比一般离婚的人更像是离婚的，更像是离过婚的。真他妈的太阴险了！明月不仅是一个诈骗犯，说诈骗犯小瞧他了，他他他，就是一个潜伏者，一个伪装者！诈骗属于刑事犯罪，宣称自己是什么但并不是什么，伪装不同，没有任何宣称，只是在行为态度上给你造成错觉……"

鲁南终于抓住了一个词，"伪装者"，不由得大大发挥起来。他毕竟是一个诗人，对语言尤其敏感，一个准确、犀利的词对我们这种人来说太重要了。"没错，"我表示赞同，"明月就是一个伪装者！"

那天我们的收获就是找到了一个词，用以理解、说明明月。不仅解释了他的婚恋状况，也解释了一切。我们将"伪装者"一词对照明月十七年来的行为来来回回地阐释了半天。

明月已婚，妥妥地一家三口，却把自己伪装成一个未婚青年。明明是一个极具天才的大诗人，却把自己伪装成一个文学青年，情调兮兮得不行。明明是一个厌世者以至最后跳楼自杀，却把自己伪装成一个快乐的白痴……

而且，他还是伪装者中的顶级伪装者。此话怎讲？按我们的解释就是他连自己都骗过了。就像那些UFO案例中的第一类接触，声称自己见过外星人，并且也通过了测谎试验。至少在写诗这件事上明月是一样的，他完全彻底地相信自己的写作压根儿不值一提。

　　所以——这是我们那天得出的结论，《三个肉月亮》非得出版不可，用以纠正明月顽固的错觉。

<br>

## 26

<br>

　　明月遗孀拒绝在合同上签字，和我们料想的一样。鲁南开始了漫长而艰苦的说服工作。明月遗孀拒不见面，鲁南便开始曲线救国，去找了明月的父母和弟弟。

　　鲁南虽说诗名在外，但这家人完全没有听说过。好在鲁南颇有气场，一望而知就不是一个普通人，谈吐不凡，有理有节，终于可以和明月家的人坐下来说话了。他们也为自己的儿子或哥哥生前有这样的朋友而感到欣慰。

　　可掉过头来，鲁南立马原形毕露，将他的那件特意准备的昂贵的西装脱下，往我工作室里的破床垫上一扔，顿时就变成一个"混混儿"了。"这家人太正经了，简直可以说是庄重！"他抱怨道，"真难以相信明月出自这样的家庭，他在他们家绝对是一个异数，真他妈的太不容易啦！"

我不知道鲁南是在说和明月家的人打交道不容易，还是说明月做这家人的儿子、哥哥或者丈夫不容易。可能是兼而有之吧。但即使都不容易，一个在他们家待了不足一小时，一个待了一辈子，完全是不可同日而语的……鲁南往明月父母家跑了十几趟，提着茶叶，甚至还送了一套精美的茶具给明月父母，后者也答应去做儿媳的工作，让鲁南耐心等待。

突然有一天鲁南想到，还是应该去找岳岳。岳岳毕竟是明月遗孀的女儿，由她来说服母亲多少靠谱些。

此时的岳岳已经是个大姑娘了，去英国的格拉斯哥大学转了一圈（留学）归来，在北京的某门户网站上班。于是鲁南便开始跑北京。跑得也不多，大概有三四趟。最开始不敢亮明目的，只说自己是明月生前的好朋友，来北京出差顺便看望一下，问岳岳有什么地方需要帮助，千万不要见外。第四次见面鲁南才试探说了《三个肉月亮》出版的事，没想到对方立刻应承下来，去做她妈的说服工作。鲁南不禁十分后悔，后悔自己为什么没早说，早说也可以节约时间啊……

鲁南再次去北京是去拿合同的。岳岳告诉鲁南，她妈已经签字了。本来，鲁南登门去取也就完了（明月遗孀住在南都），可对方虽然签了字，但仍然不想见到明月的朋友，和明月有关的一切人和事她都不想再打交道，所以就把签好的合同寄给了女儿。岳岳表示，她可以把合同快递给鲁南，鲁南又担心邮路上万一有个什么闪失，因此才决定亲身前往北京去取……这份来之不易的合同就这么来来回回地折腾了几次，终于到了鲁南手上。

鲁南连夜乘高铁从北京返回，到达南都时天还没有亮。鲁南既没有回家，也没有去找我，他打了一辆车直奔明月的墓地。"凌晨时分的墓园真是万籁俱寂呀！"鲁南告诉我。他说他禁不住又大哭了一场，他嚎啕大哭的时候就像是千山万壑都有人在哭（公墓建在南都郊外的一座山头上）。

鲁南没有准备烧化用的纸，也没有带香火、蜡烛。他打开行李箱，翻找一通，最后找出了那份合同。他说他差一点就把合同在老友的墓前给烧掉了，也是一夜未眠，疲劳得大脑错乱了。忽然醒悟，还不到时候，该烧的不是合同，而是根据这份合同出版的《三个肉月亮》，而《三个肉月亮》铁定了出版但尚未出版……"太他妈的悬了，是墓地上的一声鸟鸣提醒了我，把我给惊醒了。"鲁南说。

最后，鲁南在明月的墓前点了一支烟，也帮明月点了一支。平放在水泥沿上，捡了一块小石头压住。鲁南眼瞅着那支烟的前端被燃烧的部分在晨风中一顿一顿地向后退去，留下灰白色长长的烟灰。"真的就像是有人在吸食一样。"

我说："明月平时不吸烟，没有烟瘾。"

鲁南说："这会儿就说不一定了。"

太阳终于出来了。鲁南起身，掸了掸身上的灰土，下山。走出墓园，再次打车奔我的工作室而来。

他来得太早了，我还没到工作室。等我抵达时，看见一个人坐在昏暗不已的楼道里，腿放在楼梯台阶上，身边竖着一只旅行箱。那人趴在箱子上睡得正香。那不是鲁南吗？

## 27

明月所在的白云山公墓我再熟悉不过。我们家所有去世的人都葬在那里。自然一开始不是这样的，因死亡的时间不同，下葬时情形各异，原先我们家的墓地分散在各处。如此每年祭扫起来就非常不便。加上因城市飞速扩张，时有迁坟的传闻，后来母亲就把所有的坟迁到了这个"永久性"的公墓。她甚至多买了一个空穴，我母亲死后也是葬在这儿的。

整整一座山头，密密麻麻、层层叠叠都是墓碑。我没有具体计算过，但少说也有三五万吧。当然，我们家的墓刚迁来的时候没有如此壮观，可以说我是眼瞅着白云山"成长"起来的，心里面甚感欣慰。因为墓园的规模越大，就越趋向于永恒，如果再要迁坟就不再是涉及一两户人家了，它的"永久性"就建立在这一前提上。你想呀，如果整个墓园建得像一座城市，那就彻底难以撼动了。

我们家有七个人葬在这里，算是对公墓的"永久性"做出了贡献。扫墓当然一趟就全都解决了。没想到明月也葬在了这里，这"永久"或者"永恒"就更加牢靠了。

这天亦如往年，我和彭燕去扫墓，带着我们的狗儿子欢欢。欢欢还是我和彭燕结婚时领养的，如今已经是一条长寿的老狗，换算成人的年纪大概有九十或者一百岁了吧。我们随着它的节奏爬上台阶，带着草纸、鲜花、香烛，一应俱全。我们家的七个墓扫完了，这时我突然想起，明月的墓也在这山上，我们何不也去祭扫一下呢？于是便对彭燕说了。

这在我完全是临时起意，之前并没有准备。彭燕表示赞同，可我一想，坏了，因为想起鲁南说的，该在明月墓前烧的是那本《三个肉月亮》。《三个肉月亮》已经出版，但此刻我没有带在身上。彭燕说："你再找找。"于是我就打开了那只每天携带的双肩包，开始翻找，奇怪的是竟然找到一本。我明明记得包里并没有放任何书，包括明月的诗集，可见一切都是鬼使神差。下面的问题是，上坟用的草纸、香烛都已经用完了，我们还得下山去墓园门口买。彭燕又说："这不是还有吗？"变魔术一样变出一只塑料袋，里面装的正是黄灿灿的草纸，甚至还有明晃晃的金元宝和银元宝，以及若干花里胡哨的冥币。这就不是天意了，是彭燕比我更有心，蓄谋已久。她同时递过来一张纸条，上面写着明月的墓所在的区域、序号，甚至还有明月身份证上的名字"岳为民"。

我们去新墓区B单元36排5号寻找"岳为民"，可路标模糊不清，字迹已经剥蚀。按说不应该啊，这不是新墓区吗？事实就是如此。新墓区没有问题，因为这一大片石碑的成色都较新，反射阳光的性能更好，更晃眼睛。但单元和序号则完全不可辨认了。我蓦然想起，鲁南是来扫过墓的，于是赶紧打电话给他。好在他给出的不是一个抽象的地址，而是情景俱全的具体位置。"你们已经抵达新墓区了吗？"他问，"那好，就在新墓区的最东边，靠着一条水泥路，往上去大概四五排就能看见'岳为民'了。"

但我们仍然没有找到。

"是不是新墓区？"

"是啊。"

"是不是最东头？"

"是。"

"能看见坟山下面的那条水泥路吗？"

"能看见，是一条内部路……"

"往上走，四五排……"

"上上下下我们都找过了，岂止四五排，十几排都找过了，哪儿有'岳为民'啊！"

"那就找找'明月'，兴许我记错了。"

"'明月'也找过了，有'明月'我们能看不见吗？"

"老秦啊老秦，你怎么这么笨，明月明明在那儿！"

我一面举着手机听鲁南的指示，一面核对眼前的实景，还不时地要和对方争辩几句。身后跟着彭燕以及一条百岁老狗，就这么在碑石间来来回回穿梭，反反复复地找了好几轮。就这么一块不算大的地方（鲁南划定的），转得头晕目眩。那天还特别热，坟山上也没有树荫，路也特难走——其实根本就没有路，一排排的石碑间只有一丁点台阶边缘可供插足。我不时地会走到不知谁家的墓上去，彭燕便会斥责我。她的意思是这是对死者的不敬，也会沾染晦气……

被晒得够呛，一模一样的石碑看得我反胃。大汗淋漓，气喘吁吁，最后也没有找到。耳边鲁南继续叫嚷着："你什么眼神啊！你年老眼花，彭燕总没问题吧，两个大活人，竟然找不到一个死人！"

我于是开了免提，让彭燕也听听。找不到的责任我可不想一个人负。"还找不到？怎么可能呢，就在那儿啊！我他妈的深更半夜跑过去还能找到，你们光天化日的，怎么会找不到？我不就是听岳岳说了一嘴吗，新墓区，最东边，靠在路边上，上去四五排，'岳为民'……不他妈的就在那儿吗……"

我也知道，明月就在这儿，就是其中的一块石碑。但他就是不肯现身，就像在故意回避我一样。知道他就在这儿，我就更不服气了，更生气。当然不是生明月的气，是生我自己的气，也许还生鲁南的气。凭什么他能找到，我却找不到？彭燕说："要不我们去下面的管理处问一下，反正有名字……"我不同意："要问你去问，我要自己找，还就不信这个邪了！"

最终还是没有找到，但我们也没有去管理处查询。我的理由是，我们之所以没有找到，是明月不让我们找到，客随主便，就这么着吧。我仍然维持原判，一切都是鬼使神差，就算给明月扫墓不是鬼使神差，但准备给他扫了却找不到地方必定是鬼使神差。他在和我玩一种我所不能理解的游戏，定然有他的道理。

在那条水泥路的路边，我们点燃了明月的《三个肉月亮》以及草纸和金银元宝。夕阳西下，空气里一派金黄，加上烧化用的铁桶里的火光、香烛的荧荧之火、我们脸上的汗水、欢欢棕黄的毛色，周边的一切都像是铜铸的一般。万物就像融汇在一只大熔炉里，尚在锻造之中，全无冷却的迹象。

想起和鲁南的讨论，明月是一个伪装者，并且是顶级的。他伪装得最成功的一次，也许就是现在了（这次）。明明在这里，但又不在这里……